미스터리스릴러로 가는
옴니버스

미스터리스릴러로 가는
옴니버스

초판 1쇄 발행 2025. 10. 10.

지은이 방구석 무법자
펴낸이 김병호
펴낸곳 주식회사 바른북스

편집진행 황금주
디자인 김민지
마케팅 송송이 박수진 박하연

등록 2019년 4월 3일 제2019-000040호
주소 서울시 성동구 연무장5길 9-16, 301호 (성수동2가, 블루스톤타워)
대표전화 070-7857-9719 | **경영지원** 02-3409-9719 | **팩스** 070-7610-9820

•바른북스는 여러분의 다양한 아이디어와 원고 투고를 설레는 마음으로 기다리고 있습니다.

이메일 barunbooks21@naver.com | **원고투고** barunbooks21@naver.com
홈페이지 www.barunbooks.com | **공식 블로그** blog.naver.com/barunbooks7
공식 포스트 post.naver.com/barunbooks7 | **페이스북** facebook.com/barunbooks7

ⓒ 방구석 무법자, 2025
ISBN 979-11-7263-610-4 03810

•파본이나 잘못된 책은 구입하신 곳에서 교환해드립니다.
•이 책은 저작권법에 따라 보호를 받는 저작물이므로 무단전재 및 복제를 금지하며,
이 책 내용의 전부 및 일부를 이용하려면 반드시 저작권자와 도서출판 바른북스의 서면동의를 받아야 합니다.

미스터리스릴러로 가는 옴니버스

방구석 무법자

바른북스

미스터리스릴러로 가는
옴니버스

목차

첫 번째 이야기 [일기] 6

두 번째 이야기 [야식] 38

세 번째 이야기 [막차] 78

네 번째 이야기 [쓰키다시] 108

다섯 번째 이야기 [빨간 산타 모자] 178

여섯 번째 이야기 [사진작가] 214

일곱 번째 이야기 [사람이 된 개] 240

첫 번째 이야기

[일기]

9월 28일

다행히 오늘 먹을 수 있는 생수를 구했다. 그 편의점에는 더 없을 줄 알았는데 알고 보니 창고에 잔뜩 쌓여 있었다. 생수가 그렇게나 많이 있을 줄이야. 집으로 옮기느라 몇 번을 왔다 갔다 했는지 모르겠다. 그 창고엔 아직도 많이 남아 있다. 당분간 물 걱정은 안 해도 된다.

그건 그렇고, 마지막으로 옮기면서 봤던 건 뭘까.

여자였다.

어쩌다가 홀딱 벗게 된 건지는 모르겠다. 아무리 좀비지만 젊고 날씬해서 앞모습이 궁금했다. 이런 거 보면 나도 어쩔 수 없는 남잔데. 솔직히 배꼽 위에 보다는 배꼽 아래가 더 궁금했다. 거기가 차에 가려서 안 보였다. 그 차를 반 바퀴 돌아 그 여자를 딱 봤더니 글쎄…….

배꼽 아래가 다 뼈였다.

이게 말이 되나?

신체 모형도처럼 완전 백골은 아니었지만 소나 돼지를 도축했을 때처럼, 여기저기 살점을 발라낸 것처럼, 여자의 하반신이 그랬다.

내가 알기론 인간의 몸에는 근육이 있어야 한다. 근육 끝에 붙은 힘줄이 뼈를 잡아당기고, 뭐 아무튼, 대학에서 교육받은 사람이면 제대로 알 그딴 원리로 뼈와 관절이 움직여 다리와 발로 인간이 걷는 거 아닌가? 고졸인 나도 그딴 건 대충 안다. 그런 건 상식이잖아. 그런데 그 여잔 뼈만 있는 다리로 서 있었고 또 걷고 있었다.

골반뼈를 보면 그게 있다. 가운데에 동그랗고 커다란 구멍이 난 부분. 세상에 그게 다 보일 정도였다니까!

그 여자가 나한테 달려드는 바람에 물이고 뭐고

던져 버리고 집까지 뛰었다. 뭔가 이상하다. 이상해도 한참이나 이상하다.

9월 29일

어제 던져 버린 생수 다발 그걸 가지러 나가 봤다. 그 이상한 여자는 없었다.

10월 2일

스팸이 먹고 싶다. 스팸이 먹고 싶다. 스팸이 먹고 싶다. 스팸이 먹고 싶다. 스팸이 먹고 싶다. 스팸이 먹고 싶다. 스팸이 먹고 싶다. 스팸이 먹고 싶다. 스팸이 먹고 싶다. 스팸이 먹고 싶다. 스팸이 먹고 싶다. 스팸이 먹고 싶다. 스팸이 먹고 싶다. 스팸이 먹고 싶다. 스팸이 먹고 싶다. 스팸

이 먹고 싶다. 스팸이 먹고 싶다. 스팸이 먹고 싶다. 스팸이 먹고 싶다. 스팸이 먹고 싶다. 스팸이 먹고 싶다. 스팸이 먹고 싶다.

10월 4일

내일은 내 생일이다. 아무리 세상이 망했어도 생일은 기념해야 한다. 그래야 이 어려운 살아남기가 그나마 할 맛이 나지. 그리고 왜 이렇게 스팸이 먹고 싶은지 모르겠다. 꽁치 통조림에 고등어 통조림에 참치 통조림에 고양이 통조림까지. 이제 생선은 지겹다.

라면이 몇 박스나 남았지만 라면도 지겹다.

그놈의 스팸을 구하려면 나가야 한다. 나가면 안 된다. 정말로 나가면 안 된다. 절실한 게 아니면 나가면 안 된다. 고작 스팸 먹겠다고 밖으로 나가는 건 아니 될 말이다. 그런데 내일은 내 생일이고, 생일은 기념해야 하고, 난 그놈의 스팸을 먹고 싶다고, 이 좆같은 새끼들아!

10월 12일

결국 생일이었던 그날 가게에 가고 말았다.

평소 친절하지도 않고 돈만 밝히던 그 가게 사장 놈. 꼴좋게도 머리에 구멍 난 걸 보면 아마 그때 우리 동네로 왔던 군인들이 거기다 총을 쐈던 모양이다. 어떻게 꼭 입구에 대자로 뻗어 가지고는, 그 가게를 갈 때마다 볼 수밖에 없다. 그 심보만큼이나 썩는 냄새도 끝내준다.

그런데 그때 그날엔 그 사장 놈 시체가 그 자리에 없었다. 처음부터 이상하기는 했다. 그 가게에 들어가기 전부터 사장 놈 썩는 냄새가 나야 하는데 안 났으니까.

어차피 스팸만 챙기면 됐으니 통조림이 있는 곳으로 가서 가방에 스팸을 꽉꽉 채우고 나가려는데 이런 웬걸, 그 사장 놈이 입구에 서 있었다. 얼마나 놀랐는지 모른다. 세상 망하고 나서 별의별 일에 다 놀랐던 난데도 가슴이 철렁하다 그 말을 그때가 돼서야 실감했을 정도다.

그 사장 놈 얼굴에서 살점이 싹 벗겨져 머리 부분

이 해골이었다.

 해골바가지 그게 사장 놈이 맞다고 확신할 수 있는 이유가 뭐냐면, 입고 있는 옷도 그렇고 이마와 뒤통수에 그 터널 같은 총알구멍까지 그대로였으니…….

 머리의 살점만 벗겨진 게 아니라 몸 곳곳의 살점이 벗겨져 있어서 솔직히 만만해 보였다. 밀치면 쓰러질 거 같았다. 나한테 오길래 가슴 쪽을 슥 밀쳤더니 그쪽 살점이 푸욱 뭉개져 버렸다. 완전히 썩어 버린 과일을 눌러 보면 딱 그런 촉감이 난다. 그게 간인지 허판지 심장인지 아무튼 내가 그것까지 쑤셨던 것 같다. 게다가 하필 내 손이 사장 놈의 갈비뼈와 갈비뼈 그 틈에 끼어 버렸다. 사장 놈이 뒤로 넘어가면서 나도 같이 바닥을 뒹굴기까지 했다.

 손을 금방 뺄 수는 있었다. 의외로 냄새는 하나도 안 났다. 느낌이 끔찍해서 그렇지. 문제는 그 바람에 소리를 엄청나게 지르고 만 것이다.

 덕분에 하나둘 몰려오기 시작했다. 눈에 보이는 대로 빠따를 후리면서 어떻게 집으로 오기는 왔다. 손이고 몸이고 묻은 것들을 씻어 내느라 생수를 닥치는 대로 깠다. 샤워까지 했다. 샤워를 해도 팔을 물린 데서 피가 계속 났다. 스팸이 무거웠다. 무거워서 빨리 도망칠 수 없었다. 중간에 스팸을 포기할까도 했고, 정말 그랬다면 안 물렸을 텐데.

알고 보니 상처가 심했다. 가까스로 피는 멈췄지만 거의 일주일 잠만 잤던 거 같다. 지금은 많이 괜찮아졌다. 물린다고 좀비가 되는 게 아니라 다행이지. 그래도 이런 상황이 돼 버리면 화가 나거나 짜증이 나거나 뭐 그래야겠지. 그게 맞는 건데. 아니다. 그냥 웃기다. 그럴 수밖에. 이 모든 게 스팸 때문이니까.

그나저나 이상하긴 이상하다.

그때 골반이 예쁜 여자도 그렇고 그 가게 주인도 그렇고. 왜 해골바가지가 된 걸까. 심지어 그렇게 됐는데도 잘만 움직였다.

그러고 보면 그래. 동네 골목골목마다 머리가 박살이 나 뻗어 있던 시체가 되게 많았는데 어느 순간 안 보인다. 덕분에 동네가 깔끔해지고, 썩는 냄새도 안 나 좋은 건 맞다만, 혹시 전부 해골바가지가 된 건가? 어디서 막 걸어 다니고?

좀비들 살이 다 문드러져 해골이 되면 걔네는 그

걸로 끝인 줄 알고 그것만 기다리며 지금까지 내가 이렇게 버티고 버텼던 건데. 끝은커녕 다시 시작되는 거야?

이럴 줄 알았으면 그때 군인들 따라갈 걸 그랬나?

근데 시발. 나도 군대 가 봤지만. 당최 한국 군대를 믿을 수가 있어야지!

10월 13일

스팸은 맛있다. 그런데 이젠 부대찌개를 먹고 싶다. 참 지랄 같네.

10월 16일

어디서 이렇게 썩는 냄새가 나는가 했더니, 내 팔에서 나는 거였다. 붕대를 풀었더니 세상에. 색깔이 이상했다. 내 팔이 썩고 있었다. 빨간약과 후시딘으론 역시 안 되는 거였다. 고름을 짜는데 너무 아프다. 그래도 짰다. 그래도 짜야 한다.

10월 17일

하루 종일 고름만 짰다. 항생제가 있어야 한다.

10월 18일

그때 군인들이 동네 사람들 다 데리고 가면서 떠들어 댔던 말이 뭐냐면, 자기들 주둔지에 먹을 거 입을 거 아플 때 먹는 약까지 다 있으니 귀중품과 신분증만 챙겨라, 이거였다. 그러고는 시간 없다면서 사람들을 막 두돈반에 실어 버린 건데, 그 덕분에 털린 가게가 하나도 없어시 이세까지 내가 그런 곳들을 털어 가면서 버틸 수 있었다. 그건 부정할 수 없는 사실이다.

그런데 대체 약국은 누가 턴 거야? 그때 그 군인들이 털었나?

약국이 털린 모습이 굉장했다. 혹시 몰라 빠루까지 가지고 갔는데 쓸 일이 없었다.

젠장, 젠장, 빌어먹을, 빌어먹을.

10월 19일

오늘은 초등학교에 갔다. 거기 후문 근처에 보면 양호실이 있는데 거기에 항생제가 있을 거라 생각했다. 그러니까 거기 어딘가 오른쪽에서 두 번째 그 서랍장 속엔 예쁜 글씨로 항생제라 써 놓은 표지가 붙은 철제 상자가 마치 이제까지 날 기다리고 있었다는 듯 놓여 있겠지, 뭐 그런 상상의 나래를 펼쳤다는 말이다.

개뿔. 반창고랑 붕대, 빨간약도 없었다.

그리고 그때가 돼서야 생각이 났다. 항생제는 의사의 처방이 있어야만 받을 수 있는 약이라고. 초등학교 양호실에 항생제가 과연 있을까? 지금 생각해도 나 자신이 참 한심하다. 그 쉬운 걸 왜 생각 못 한 걸까. 팔이 썩고 있어서 뇌도 썩고 있는 걸까.

그건 그렇고. 양호실을 나와 집으로 가려는데, 내가 들어왔던 후문으로 좀비가 떼거리로 들어오고 있었다.

여기서부터 이상한 건 뭐냐, 분명, 분명 날 봤을 텐데, 내가 도로 양호실로 들어가 문을 닫고 창문으로 엿볼 동안 그때까지 그것들은 그냥 제 갈 길 가고 있었다. 또 그놈들, 원래 좀비랑 분위기도 달랐다. 뭐랄까, 뭔가에 홀렸다고나 할까? 이미 죽어 버려 껍데기만 남은 놈들이 뭔가에 홀린 게 가당키나 하겠냐마는, 그때 그것들의 분위기를 표현하는 데에는 그 단어가 제일 어울린다.

심지어 그런 무리가 여럿 있었다. 뭔가에 홀린 채로 몰려오는 무리가 여럿이었으니, 숫자는 굉장했다. 그 굉장한 숫자는 다 같은 곳으로 가고 있었다. 거긴 운동장이었다.

궁금했다. 너무 궁금했다.

양호실을 나와 복도를 지나 계단도 오르고, 아마 4층 4학년 4반이었나, 그 교실로 들어가 창문 밖을 본 건데.

와, 진짜 씨발. 운동장에 좀비가 정말 많았다. 정말로 많았다.

그렇게 많은 것도 무서웠지만 그 많은 게 다 나한테 달려들면 어쩌나 그게 더 무서웠다. 최대한 소리가 나지 않도록 슬금슬금 움직여 후문이 아니라 2층 높이나 되는 학교 담을 뛰어내려 빠져나왔다. 그랬더니 글쎄, 내가 떨어진 곳 바로 앞에 좀비가 열댓 정도 있었던가? 놀라서 바닥에 엉덩이를 깔아 버렸고 심지어 빠따를 어디에 뒀는지 그게 나한테 없는 것을 그때야 알았다.

그때 나는 죽는 게 맞는데.

내 앞에 있던 것들도 뭔가에 홀려 있었다. 그것들도 학교 후문으로 가는 중이었다.

원래라면 그냥 집까지 도망치는 게 맞다. 하지만 그땐 상황이 너무나 거시기하다 보니, 홀려 있는 그놈들을 계속 쳐다볼 수밖에 없었다. 덕분에 좋은 구경했지.

  뭐 때문에 좀비들이 홀린 걸까. 뭐 때문에 좀비들이 운동장 거기에 그리도 많이 모여 있었던 걸까. 일단 청군 백군 운동회를 하려고 모인 건 아닐 것이다. 그건 맞잖아. 아니야?

10월 20일

  팔이 아픈 것보다 목이 너무 말랐다. 마실 물이 없었다. 저번에 다쳤을 때 샤워를 한답시고 생수를 몽땅 깠으니 당연하지. 편의점 그 창고에는 아직도 많으니 거기로 갔다. 그 학교 운동장에 죄다 모여 있는 건지 골목이고 길이고 어디고 좀비가 하나도 없었다. 대신 사람이 있었다.

  웬 가족이었다. 아빠랑 엄마랑 딸 이렇게 셋이었다. 또 그 사람들이 하는 짓거리를 보자마자 화가 났다. 편의점 창고에서 물을 계속 가지고 나와 자기들 차에 실어 댔다.

내가 마실 물을!

아빠 되는 그 아저씨의 말을 들어 봤더니, 서울서부터 인천 평택 또 어디냐 천안에 세종시에 대전까지 찍고 여기까지 온 거였다. 전주 여기에도 군대 주둔지가 있다는 방송을 듣고 여기까지 온 거라나 뭐라나. 이렇게 만난 것도 인연이니 나더러 자기들 차에 타라고도 했다.

당연히 안 간다고 했다. 그랬더니 그 아저씨 뻥한 표정을 지었다. 어찌나 뻥하던지 아직도 그 표정이 생생하다.

아무래도 나를 이해할 수 없었겠지. 하지만 나는 너희를 이해 못 하겠거든? 안 그런가? 서울서부터 대전까지 싹 먹혔는데 여기 전주에 있는 주둔지도 안 먹힐 보장이 있나? 당연히 나의 이런 생각 그대로 말했다.

그럼, 광주나 대구 아니면 부산으로 가면 된단다. 거기에도 주둔지가 있다고. 지금은 믿을 게 군인들이라고.

됐으니까요, 아저씨. 물이나 놓고 가세요, 내가 그랬더니, 아저씨는 세 다발이나 더 실었다. 그러면서도 자꾸 같이 가자고 했다. 내가 다친 거 같으니까 주둔지에서 치료를 해야겠다고.

내가 싫다고 싫다고 했는데도 아저씨는 계속 말했다. 전주 여기까지 오면서 나처럼 고집부리는 사람을 많이 봤고 처음엔 그런 사람들을 그냥 내버려뒀단다. 그런데 그동안 사람 죽는 걸 하도 봤더니 이젠 나처럼 고집부리는 사람이 안타깝단다.

참나. 안타깝다니. 무슨 신파극 대사를 치고 있어, 누구 앞에서. 그래서 난 이렇게 소리를 질러 버렸다. 나는 이 동네에서 혼자 6개월이나 버틴 놈이야! 혼자서! 이 구역의 미친놈은 나라고, 나!

그 아저씨, 빨리 여길 떠나자며 자기 가족들한테 차에 타라고 했다.

당연히 떠나야지, 그럼. 지들이 어쩔 건데.

마지막에 그 아저씨, 나한테 라디오는 있냐고 물어봤다.

물론 나도 라디오는 가지고 있지만, 그땐 소리를 마구 질러 대서 그런지 그냥 멍하기만 했다.

아저씨는 차에서 라디오를 꺼내더니 땅바닥에 놓았다. 자기네가 라디오가 몇 개 있어서 충분하니 그걸 그냥 가지라고 했다. 건전지도 새것이 들어 있어 잘될 거라고도 했고 또 사람은 혼자 살 수 없는 거라고도 했다.

그리고 그 사람들은 차를 타고 떠났다.

처음 그 사태가 터진 뒤로 서울에 있던 주둔지가 먹히고 인천에 있던 주둔지도 먹히고 수원도 먹히고 평택까지 먹혔다는 방송까지 듣고서 라디오는 더 이상 듣지 않아 세상이 어떻게 돌아가고 있는지 궁금하기는 했다만. 그 아저씨 말 들어 보니 들을 필요도 없었네.

에라이, 난 그렇게 될 줄 알았다.

그래도 아저씨가 놓고 간 라디오는 가지고 왔다. 또 물도.

10월 21일

팔 때문에 그런지 하루 종일 잠이 와서 하루 종일 잠만 잤다.

10월 23일

어제 오후에 밖이 시끄러워서 잠에서 깼다. 많은 숫자가 걸어 다니는 소리였다. 많은 숫자가 걸어 다닌다, 그건 군인밖에 없잖아.

그런 건가 싶어 판자를 걷어 창문을 봤다. 군인이 아니라 좀비였다. 엄청나게 많았다. 골목을 가득 메울 정도였다. 그런데 좀비들이 줄을 맞추어 걸어 다녔고 분위기도 다들 뭔가에 홀린 거 같았다. 뭔가에 홀린 것 같은 특유의 그 이상한 분위기를 처음 본 건 아니잖아. 19일에 학교 양호실 갔을 때도 똑같은 걸 봤으니까.

그 분위기를 또 맞닥뜨리는 순간 든 생각은, 혹시 저것들 지금 학교 운동장으로?

무서운 영화나 게임을 보면 항상 호기심이 등장인물의 앞날을 그르치는데, 이제야 깨달았다. 그럼에도 호기심은 절대 참을 수 없다는걸.

골목에서 좀비들이 다 사라지고 나서도 더 기다려 봤다. 그때 시간은 오후 4시가 넘어 있었다. 해가 지기 전에 돌아와야 한다고 수도 없이 속삭인 뒤에야 밖으로 나갔다. 그때처럼 그 학교 양호실로 들어간 뒤 복도로 해서 계단으로 4층 4학년 4반 교실로 갔다. 알고 보니 잃어버린 야구 빠따가 거기에 있었다. 빠따를 발견해서 반가운 것은 잠깐이었고, 창문 밖을 봤더니, 와…….

19일 그땐 좀비가 운동장을 가득 메우고 있었다면, 어제는 좀비들로 운동장이 빈틈조차 없었다. 그리고 그때가 되어서야 알아챈 게 뭐냐면, 그 많은 좀비가 다 운동장 한가운데를 쳐다보고 있었다는 건데.

운동장 한가운데 거기엔 뭐가 있었다.

후드 티를 쓴 사람, 오토바이 배달원 같은 사람, 남자인지 여자인지 아무튼 머리가 긴 사람, 스키니인지 내복인지를 입은 사람도 있었고, 배가 나온 사람, 경찰 복장을 한 사람에……. 잠깐, 경찰 복장 그건 아파트 경비원이었나?

어쨌든 못해도 10명 정도 되는 사람이 모여 있었다. 지금 생각해 봐도, 아무리 생각해 봐도, 그것들은 사람이다. 좀비가 아니라 나처럼 살아 있는 사람. 하는 행동이 사람 같지 않아서 그렇지.

그 사람들 빙 둘러선 채 허리를 90도로 접었다 폈

다 접었다 폈다 하면서 동시에 새가 날갯짓하듯 팔을 펄럭여 댔다. 춤을 추는 거였다. 내가 춤이라고 하는 이유는 그 사람들의 그 기이한 짓거리랑 똑같은 것을 옛날에 어떤 예능 프로그램에서 본 적이 있기 때문이다. 그 예능 프로그램에선 그걸 독수리 춤이라고 했다. 맞아, 분명 춤이라고 했어. 물론 그놈들끼리는 그걸 춤이라고 할지 말지 모르겠다만, 솔직히 그건 그놈들 사정이고, 나한테는 춤처럼 보였다는 게 중요한 거 아니야?

그 사람들의 춤은 점점 빨라졌다. 빨라지니까 그 사람들 한가운데 텅 빈 허공에서 까만 것이 생겼고, 그 까만 건 부풀고 부풀었다. 어느 정도 부풀더니 높이 떠올랐다. 그러고도 계속 부풀어 올랐다. 나중에 가선 나한테까지 그것이 제대로 보일 정도로 커졌는데, 생긴 게 어째, 속에서 불편한 것이 들끓고 있어 답답하게 생긴 먹구름이었다. 그런데 그 먹구름이 자꾸 부풀었다. 자꾸 그래서 나는 침을 삼키며 이런 생각을 했다. 저러다 터지는 거 아니야?

아니나 달라.

진짜로 터졌다. 터지자마자 쓰나미처럼 그 먹구름

이 운동장 전체를 집어삼키는데, 그 속도가 빨랐다. 눈을 세 번 깜짝할 사이라고 하면 되려나.

당연히 나라고 가만히 있진 않았지. 몸을 숙여서 피했다. 하지만 이미 창문이란 창문은 다 열려 있어서 그 먹구름은 내가 있던 교실을 싹 훑고 지나갔다. 나는 그걸 온몸으로 받아 낸 거다.

소리도 없고, 냄새도 없고, 맛도 없고, 내 몸도 아무렇지도 않았다. 얼떨떨한 나머지 멀뚱히 있었던 거 같다. 얼마나 멀뚱히 있었는지는 모르겠지만, 어디서 자꾸 소리가 들렸다. 후드득후드득. 우박이 떨어지는 소리 같았다.

다시 창밖을 봤다.

알고 보니 운동장에 있던 그 좀비들의 살점과 내장 그런 것들이 다 떨어져 내리고 있었다. 껍데기가 벗겨지면서 해골바가지가 되고 있었고, 워낙 숫자가 많다 보니 그 소리가 우박 떨어지는 소리처럼 들렸던 것이다. 돈 주고도 못 볼 구경이다, 는 말은 바로 그런 걸 두고 하는 거겠지.

그걸로 끝난 게 아니다.

운동장 가운데에 있던 그 사람들이 동시에 만세를

하듯 팔을 들 때마다 해골이 하나씩 하나씩 하늘로 아주 높이 올라갔다. 높은 거기에는 커다랗게 소용돌이치는 구름이 있었다. 바로 그 속으로 해골이 빨려 들어갔다.

해골이 소용돌이 속으로 쪽쪽 빨려 들어가는 그딴 걸 계속 보고 있자니…….

어지러웠다. 숨도 막혔다. 세상에나. 그래서 그때 난 하나님도 찾고 부처님도 찾고 알라신도 찾고 자라투스트라도 찾았다. 그분들도 좀비들한테 먹혔을 테지만, 그래도 찾았다. 그런 상황이면 도망가는 게 맞다, 맞는데, 깜짝쇼가 그걸로 끝이 아니었다니까!

그 사람들 어느 순간 해골을 공중에 모으기 시작했다. 해골이 하나에다 둘, 셋, 넷, 다섯, 여섯, 일곱에 여덟. 그러고도 해골을 계속 모았다. 그렇게 엄청 모아 놓더니, 그 사람들 다 같이 기합을 질렀다. 그러자 해골들이 믹서기 속에서처럼 빙글빙글 돌면서 부서지고 부서졌고, 그건 해골들을 잘게 부수고 간 것을 재료 삼아 거인 해골 하나를 만드는 작업이었다.

다 만들어진 거인 해골도 그 소용돌이 속으로 빨려 들어갔다.

조용히 튀기로 했다. 뒷걸음을 치는 것까지는 좋았는데 그러다가 그만 야구 빠따를 밟고 말았다. 어쩌다가, 왜, 대체 왜, 그걸 밟았을까 아직도 이해가 안 간다. 그 바람에 의자를 넘어뜨리고 책상을 넘어뜨리고 그 지경이 됐으면 그냥 도망쳐도 시원치 않을 판에 난 그때 창문을 내다봤다.

아마 날 쳐다보는 눈깔이 수만 개는 아니, 수십만 개는 됐을 거다. 그 허벌나게 많은 눈에는 불까지 켜져 있었다. 녹색 불이었다.

다 쫓아온 건 아닌데, 엄청나게 많이 쫓아온 건 맞다.

어쨌든 난 그것들보다 훨씬 빠르게 집에 오긴 왔다. 신발장으로 문까지 막았다가 갑자기 든 생각은 이거였다. 그것들이 나 하나 찾는 건 일도 아니지 않을까, 신발장으로 막는 게 의미가 있을까. 집에 숨을 게 아니라 밖으로 도망가는 게 낫잖아.

다시 신발장을 치우려는데 왜 이렇게 무거워. 또 그러다 이런 생각이 들었다. 밖으로 도망간다고 그것들한테 도망칠 수 있을까? 과연? 거기까지 생각이 미치자 진짜 미쳐 버리는 줄 알았다. 이러지도 저러지도 못하고, 너무 무서우면 행동이 빨라지는 게 아니라 멈춘다. 그러고 있는데 밖에서 소리가 들렸다.

처음엔 나무 막대기를 땅바닥에 막 두들기는 소리인 줄 알았지만 그게 아니었다. 해골이 뛰어다니는 소리였다. 그것도 아주 많이. 내가 그때 살아남은 이유가 신이 도와줘서는 아닐 것이다. 만약에 그랬다면 나 말고도 그 사람도 살려 줬어야지.

알고 보니 내 집 근처 어딘가에 숨어 사는 사람이 하나 있었다. 해골들이 그 사람 있는 곳으로 쳐들어 갔는지, 도저히 밖을 내다볼 수 없었지만, 들리는 비명을 듣자 하니 남자였다. 대체 어떻게 죽이는 건지는 몰라도, 비명을 길게도 질러 댔다. 그것 좀 빨리 닥치라고 닥치라고 중얼거리고 중얼거리다가 나도 모르게 잠이 들고 말았다.

참나, 그 상황에서 잠이 든 나도 진짜 대단하네.

멍청해서 그런가……

오늘 오후가 돼서야 잠에서 깼다. 밤이 된 지금 밖에선 아무 소리도 안 들린다. 나한테 아무 일도 안 일어났다. 그 해골들 그 사람만 덮치고 끝낸 모양이다.

어쩐지 예전부터 이상하긴 했어. 예를 들어 이런 거다. 분명 어떤 가게에 참치 통조림이 5박스 남아 있었는데, 언제 딱 가 보면 3박스만 있는 그런 거. 그런 경우가 몇 번 있었다. 그게 다 그 사람 때문이었나 보다.

그나저나 그 사람은 어떻게 그렇게 조용히 내 집 근처 어딘가에 숨어 지낼 수 있었던 걸까. 그 정도의 실력자였으니, 아마 그 사람은 내가 어디서 뭘 하고 있는지도 다 지켜봤을 것이다. 참 대단한 놈이다. 물론 나보다 먼저 죽었으니 나보다는 덜 대단한 거지만.

어쨌거나. 죽었다 살았더니 왜 이렇게 마음이 편하냐. 어젠 진짜로 죽는 줄 알았다. 마지막으로 빠따를 또 거기다 놓고 왔다.

10월 24일

배가 고파서 아침에 일어나자마자 먹었다. 어쩌겠나, 살려면 먹어야지. 하루 종일 먹기만 하면서 앞으로 어떻게 할까 생각해 봤다. 하나는 확실하다. 내 계획은 실패다.

나고 자란 이곳을 절대 떠날 수 없다, 그딴 따분한 이유 때문에 내가 아직도 이곳에 있는 건 아니다. 좀비들이 다 썩어 문드러질 때까지 몇 년이고 버틸 생각이었다. 좀비들이 다 썩어 문드러지면 게임은 저절로 끝난다. 그렇게 끝날 게임이면 혼자가 낫다. 그래서 못 믿을 군인들 안 따라갔다.

6개월이나 버텼다.

그러나 밖에 있는 것들은 썩어 문드러지더니 해골이 됐고 그 상태로 걸어 다닌다. 하늘도 날아다닌다.

오, 마이 갓.

그래. 좋다. 좋다고. 살 바르고 해골 돼서 후반전이 시작된 건 좋다, 이거야. 그래도 하늘을 나는 건 반칙 아니야?

10월 25일

아침에 발소리가 들려 잠에서 깼다.

판자를 걷어 창문을 내다봤더니 또 엄청나게 많은

좀비였다. 줄을 맞춘 채 그 학교 운동장으로 가는 거였다. 다 사라질 때까지 기다리고 기다렸다. 그러다 자리에서 일어났을 그때가 되자 깨달은 게 있었다.

팔이 하나도 안 아팠다. 욱신거리지도 않았다. 며칠 정신이 없어 다쳤다는 걸 잊고 있기는 했지만, 피부가 썩어 버리면 느낌이 없어진다고 해서, 감아 놓았던 붕대를 풀어 버렸더니, 상처가 물렁거리고 있었다. 젤리푸딩계란찜을 한데 섞은 것처럼!

팔을 잘라야 내가 살겠구나 생각이 들었다. 썩은 부위에서 조금 더 위를 잘라야 하니 어깨를 잘라야 하는데. 내가 무슨 레고도 아니고. 그런 걱정도 되고 막 화도 나서 혼자 꽤나 지랄발광 발버둥을 쳤던 거 같다. 그렇게 지랄발광 발버둥 치는 소리를 듣고 해골들이 집으로 쳐들어왔으면 그땐 어쩌려고 했나 그런 생각을 지금 해 보니 간담이 서늘하기는 하다.

어쨌든 지랄발광을 제대로 하기는 했나 보다. 그랬으니 썩어 있던 그 부분이 다 후드득 떨어져 나간 거겠지. 그런데 팔이 나아 버렸다. 썩은 부위만 싹 떨어져 나간 뒤 새살까지 돋아 있었다.

뭔가 필이 꽂히는 순간이었다. 뇌에서도 새살이 돋

앉는지 모든 것이 선명해졌다. 상황이 딱 정리가 됐다는 말이다.

운동장에 있던 그 이상한 사람들이 이상한 먹구름을 퍼트렸고, 그걸 맞은 시체들은 몸에서 살점과 내장이 싹 벗겨졌다. 똑같이 나도 그걸 맞았더니 내 팔에서 썩은 살점이 벗겨졌다.

정리하자면?

그 먹구름은 썩은 것을 벗겨 버린다.

내 말이 맞지, 이 새끼들아? 유레카다. 에라이, 이 씨발 것들아.

그 먹구름의 명칭은 뭐랄까, 썩은 살을 없애는 마법?

물론 세상에 마법이 있을까 싶지만, 일단 그게 과학은 아니잖아. 그렇잖아. 외계인의 기술력도 아닐 것이다. 사랑은 더더욱 아니고. 그럼, 마법이지, 뭐야.

방금 누가 사랑도 결국 마법이잖아요, 라고 지껄인 거 같은데. 그딴 개뼉다구 같은 소리는 조용히 하시고.

아무튼 마법이네 과학이네 기술이네 사랑이네 그딴 것들보다 중요한 건 이거다. 난 이 동네를 뜰 거다.

내가 원래 가지고 있던 라디오는 고장이 났다. 그래서 그때 그 아저씨가 줬던 라디오를 오후 내내 찾아봤지만 안 보인다.

 피곤하니까 자고 내일 찾아봐야겠다.

10월 26일

 처음 그 사태가 터졌을 땐 라디오 방송을 하는 데가 많았다. 지금은 딱 하나인 데다가 녹음된 목소리를 반복해서 틀어 주기만 한다. 들어 보니, 좀비를 해골로 만드는 곳의 명칭이 거점이다. 한마디로 우리 동네 그 학교 운동장이 놈들의 거점 중 하나다. 놈들은 그 거점에서 만든 해골을 차원 이동으로 보내 우리 군의 주둔지를 공격하고 있다.

 또 놈들의 약점을 찾았고, 점점 우리가 이기고 있고, 프로그래밍 지식이 있는 사람과 의료 지식이 있는 사람과 군복무를 했던 사람이 많이 필요하다고 한다.

 군복무라. 군에 있을 때 난 운전병이었는데, 거기 가면 나도 쓸모가 있을까나.

내가 대한민국 군대를 못 믿는 건 지금도 그렇고 앞으로도 변함이 없을 것이다. 그럼에도 내가 주둔지로 가는 이유는 지금 믿을 만한 게 군대 말고는 없기 때문이다. 그래서 자존심이 너무 상하지만, 그래도 어쩌면, 그때 물을 가지고 가면서 라디오를 줬던 그 아저씨의 말처럼 사람은 혼자서는 살 수 없는지도 모르겠다.

와, 내가 이딴 말을 하고 앉아 있네. 그냥 뒈지기 싫어서 애국 애족 코스프레나 하러 간다고 하자. 차라리 그게 맘 편하다.

여기 전주에선 35사단 부대 자체를 주둔지로 정한 거 같은데. 거기선 매일 1개 소대 병력을 전주역으로 보내 12시에서 18시까지 살아 있는 사람들을 기다린다고 한다. 그때 라디오를 줬던 아저씨네 가족도 전주역 거기로 간다고 했다.

이 일기는 여기 놔두고 가야겠다. 나중에 돌아왔을 때 이 일기를 보면 반가울 거 같으니까. 내가 집으로 돌아왔다면 우리가 이겼다는 거겠지. 이 일기를 보고 싶어서라도 살아남을 거 같고.

열쇠 없이 차 시동 거는 법을 몰라서 거기까지 자

전거를 타고 가야 하는데, 여기서 거기까지 자전거로 넉넉하게 2시간이면 되려나?

내일 처음으로 할 일은 자전거 가게를 뒤지는 것이다.

이제 자기 전에 가방에 짐을 쌀 게 뭘까. 라디오는 무조건 넣고, 중간에 씹을 라면 1봉지, 혹시 모르니까 손전등, 패딩, 물 2병까지 이렇게 끝.

그래도 뭔가 허전하다. 챙길 게 뭐가 더 있을까.

아, 있다.

스팸.

　　이제는 좀비가 식상해진 지 오래라 스켈레톤을 활용해 봤네요. 언데드의 범주로 따지면 둘은 기본이 되는 하급 무사이기도 하고 거기다 둘의 차이점은 살가죽이 있느냐 없느냐 그것 말고는 없죠. 그래서 좀비에서 스켈레톤으로 이어지는 구상을 떠올리기란 쉬웠는데요. 문제는 그렇다면 어떻게 좀비가 스켈레톤으로 되는 것이냐 하는 그 과정을 정하는 거였어요. 처음엔 외계인이나 정부의 끔찍한 실험을 등장시켜 SF로 엮어 볼까 했지만 그렇게 했다가는 이 글이 길어질 거 같아서 그냥 흑마술로 엮어 얼버무리고 말았습니다. 마지막으로 이걸 쓰면서 깨달은 게 있다면 이겁니다. "스팸만 봐도 알겠지만, 살려 두기에는 돼지야, 넌 너무 맛있어." 웃기게도, 식욕이 사람을 끝까지 버티게 할 때가 있죠.

두 번째 이야기

[야식]

 민수가 지내며 공부하는 곳은 한 칸짜리 고시원이었다. 시끄러운 소리가 나면 안 되기에 알람 시계를 고르는 데 애를 먹어야 했던 민수는 그래도 적당한 것을 찾을 수 있었다. 사복 차림의 형사들이 급하게 차를 몰아야 할 때 차 위에 붙이는 경광등. 그것이 달린 시계가 있었다. 그 시계는 알람에서 소리만 끌 수 있었고 소리를 끈 그 상태로 알람이 작동한다면, 바로 지금처럼 빨간색 경광등만 번쩍이는 것이다.

 그리고 민수는 그 불빛을 쳐다보고 있었다.

 그렇게, 가만히, 멍하니, 한참을.

 바라보기만 했다.

 그러다 정신을 차린 민수는 불빛을 잠재웠고, 펜을

놓았고, 경찰 시험 문제집을 덮은 뒤, 머리를 감싸안은 채 한숨을 쉬었다.

왜냐하면 민수는 학원에 있었던 아침부터 해서 밤 11시가 된 지금까지 제대로 공부를 못 했다. 경찰 공무원 공부를 시작한 지는 작년이 3년째였으니 이제 4년째. 민수는 이번이 마지막이라고 다짐했다. 공부를 어떻게든 해야 했다. 그럼에도 하루 종일 공부를 못 한 이유는 누군가 실종됐기 때문이다.

책상 밑 서랍.

민수는 그 서랍을 열어 맨 위에 보이는 전단지를 꺼내 봤다.

정인호 그 사람이 실종됐으니 혹시 어디서 봤거나 알고 있는 사람은 아래 번호로 연락을 바란다는 내용의 전단지였다. 평소 그 사람은 자주 웃었다. 웃음이 헤프다고 해야 할까. 그렇다고 기분을 나쁘게 하는 건 아니었다. 보고 있으면 마음이 편해지는 그런 웃음이었다. 지금 전단지 안에서도 그 사람은 그런 미소를 짓고 있었다.

아무튼 이제 일어나야 했다. 방금같이 밤 11시 알람이 작동하면 햄버거를 먹으러 가는 게 어느새 일과가 됐으니까.

 문제집 위에 전단지를 잘 놓은 민수는 침대에 앉은 뒤 추리닝 바지를 걷어 올려 발목에 모래주머니를 차기 시작했다. 밴드처럼 생긴 그건 하나가 5kg이었고 양쪽에 하나씩 두르는 거였다. 바람막이를 입는 것으로 나갈 준비를 끝낸 민수는 문을 열고 복도로 나갔다. 그러다…….

 바로 맞은편 방을 쳐다볼 수밖에 없었다.

 맞은편의 그 문을 똑똑 두드리기라도 하면 그 사람이 미소를 지으며 스윽 나올 것만 같았다. 아무렇지도 않게.

 그러나 문에는 실종 전단지가 똑같은 것으로 3장이나 붙어 있었다. 그랬다. 그 사람은 정말로 사라졌다.

 이 고시원 복도는 원래가 좁았다. 온갖 신발장으로도 모자라 벽에 걸린 우산 그리고 일할 때 입는 옷이나 안전모 그런 것들 때문에 더 좁았고, 요새는 건조하다며 누군가 바닥에 물까지 뿌렸다. 그런 복도를 걸어 계단을 내려간 민수는 감기 걸리기에 딱 좋은 5월의 밤공기를 맞이했다.

 그 24시간 패스트푸드점은 걸어서 10분 거리였다.

민수는 거기서 주문한 음식을 항상 2층으로 가지고 올라갔다. 그렇게 올라가자마자 보이는 오른쪽 구석에는 딱 두 사람이 마주 보고 앉을 수 있는 자리가 있었다.

그곳에 자리를 잡은 민수는 가지고 온 세트 메뉴를 먹기 좋게 펼쳤다.

2층은 1층보다 확 트이고 훤했다. 그런 공간답게 한가운데에는 넓은 원탁도 있었다. 그 원탁에는 여자 2명이 앉아 있었다.

쌍둥이였다. 쌍둥이가 책과 노트를 펼쳐 놓고 공부를 하고 있었다.

민수는 쌍둥이를 엿보려고 이곳에 온 것이었다. 그리고 드러나게는 말고 자연스럽게 엿보고 싶었다. 가령, 근처 쓰레기통 위에는 손이나 입을 닦는 휴지가 쌓여 있었고, 그걸 가지러 가면서 쌍둥이를 엿보는 방법이 있었다. 아니면 아예 거기에 서서 입을 닦거나 손을 닦다 보면 오래 엿볼 수도 있었다.

실제로 그렇게 엿보고 난 뒤 자리에 앉은 민수는 숨을 가다듬어 봤다.

지금 쌍둥이는 기본이 되는 티셔츠와 청바지를 똑

같이 입고 있었다. 머리도 똑같이 긴 생머리였다. 하지만 하나는 안경을 쓰고 있었고 다른 하나는 청재킷을 입고 있었다.

햄버거를 깨물어 본 민수는 이렇게 생각하기에 이른다. 확실해. 아무리 봐도 확실해.

이게 무슨 뜻이냐 하면, 실종된 그 사람은 평소 안경을 쓰고 다녔고 청재킷을 입고 다녔는데, 지금 쌍둥이 중에 하나는 안경을 쓰고 있었고 또 하나는 청재킷을 입고 있는 것이다. 실종된 그 사람의 안경과 청재킷을 쌍둥이가 쓰고 있고 또 걸치고 있다고, 이게 민수의 생각이었다.

가방도 그랬다. 쌍둥이 중 하나는 자기가 앉은 의자에 갈색 가죽 가방을 걸어 놓았는데 그 사람은 민수와 밥을 먹으러 나갈 때면 저것과 똑같이 생긴 가방을 메고 다녔다.

물론 이런 생각이 드는 게 사실이었다. 저런 안경이나 청재킷이나 가방이나 비슷한 건 널리고 널렸다고. 따라서 저 쌍둥이의 물건을 그 사람의 물건이라 단정할 순 없다고.

그림에도 민수는 의심을 거둘 수 없었다. 저 가방

에 매달린 인형 때문이었다. 열쇠고리 형식으로 매달린 노란색 인형 저것을 손으로 쥔다면 장난스레 웃고 있는 커다란 머리만 밖으로 튀어나올 테고, 또 언젠가 민수는 그 사람에게 저 인형을 물어본 적도 있었다. 노란색인 데다가 인형의 표정이 지나치게 발랄해 남자가 달고 다니기엔 맞지 않았으며 여기저기 흠집과 때가 잔뜩이었다. 민수는 인형을 떼라고 했다.

그러자 그 사람이 말했다. 헤어졌던 여자한테 생일 선물로 받은 거예요. 그 여자랑 헤어진 지는 꽤 됐어요.

아무리 봐도 쌍둥이의 가방에 달린 저 인형은 그 사람이 가방에 달고 다녔던 그 인형이 맞았다.

한숨이 나왔다. 나올 수밖에 없었다.

내일의 공부를 위해서라도 지금 당장 잠을 자러 가도 시원치 않을 판에 여기서 이런 탐정놀이나 하고 앉아 있다니. 이어서 이런 생각도 들었다. 이럴 줄 알았으면 그때 그 사람을 따라가는 게 아니었다고. 진짜로, 진짜로 그 사람을 따라가는 게 아니었다고.

원래 민수는 잘자리에 뭘 먹지 않는다. 하지만 7일 전의 그 밤 11시 그때는 그 사람이 자꾸 뭐라도 먹자며 민수를 패스트푸드점으로 이끌었던 것이다. 민수는 따라갔고 2층에서 쌍둥이를 처음 보게 된다.

민수는 원체 말이 없었다. 자기도 그렇다는 걸 알고 있었다. 그러니 쌍둥이의 미모 앞에서 민수가 입을 다문 건 유별난 게 아니었다. 말 많은 그 사람까지 입을 다문 것, 그것이야말로 유별난 거였다. 둘은 별다른 말도 없이 햄버거만 먹다 패스트푸드점을 나오게 됐다.

바로 그때 민수가 말했다. "인호 씨가 평소에 여자 얘기는 한 번도 안 하시잖아요. 그런데 오늘 보니까 인호 씨도 남자는 남잔가 보네. 걔네 진짜로 예쁘던데. 쌍둥이 맞죠?"

보통 같으면 대체 그게 무슨 말이냐며 모르는 척 히죽댈 사람이 그 사람이었다. 그런 얼굴을 민수는 보고 싶었던 거고. 그러나 그 사람은 웃음기조차 없었다. 안 그래도 며칠 통 웃지를 않았다.

무슨 안 좋은 일이 있는 거냐고 민수는 물어봤다. 그리고 이게 그 사람의 대답이었다. "민수 씨, 그거 아세요? 얼마 전에요. 어떤 놈이 하나 실종됐거든요."

그 사람의 말에 따르면, 실종된 그놈은 원래 고시

공부를 하다가 포기하고 공무원 공부로 갈아탄 사람으로 나이가 마흔 중반이었고 언제나 지저분하게 다녔고 특히 면도를 안 하는 바람에 노숙자라고 해도 누구나 믿을 정도였다고 한다. 그 사람이 그놈을 그렇게도 잘 알고 있었던 건, 그놈이 가는 곳마다 문제를 일으키고 다니는 바람에 이 동네에서 유명한 탓도 있었지만, 아예 그 사람과 그놈은 몇 번 실랑이를 벌인 적이 있었다. 그래서 한참을 벼르고 있던 참에 언젠가 그놈이 그 사람의 발을 밟았고, 일부러 그랬던 건지 모르고 그랬던 건지 그것보다는 그놈인 게 중요했기에, 나중엔 경찰까지 왔을 정도로 싸움이 커졌다고 한다.

여기까지 말한 그 사람이 하도 진지해서 민수는 캔맥주나 마시자며 그 사람과 함께 공원으로 갔다.

"어쨌든 그 쓰레기 새끼가 실종이 됐든, 뭐 어디 건물 옥상에서 뛰어내려서 뒈지든, 내가 상관할 바는 아니죠. 차라리 그렇게 뒈지는 게 이 세상을 위해서 나은 거잖아요. 안 그래요?"

"그럼, 인호 씨. 그런 쓰레기가 없어졌으면 기뻐해야지 왜 그렇게 걱정을 해요?"

"민수 씨."

"네?"

"제가 지금 걱정하는 걸로 보이세요? 전 지금 무서운데?"

그 쓰레기 같은 놈이 항상 쓰고 다니던 모자가 있었다고 한다. 파란색 모자. 그리고 그걸 쓰고 있었던 것이다. 패스트푸드점에 있던 쌍둥이가.

그렇지 않아도 쌍둥이를 처음 봤을 그때 그 점을 이상하게 느낀 민수였다. 입고 있는 옷이나 긴 생머리까지 다 똑같은 주제에 쌍둥이 중 하나만 그 파란색 모자를 쓰고 있었다. 그 모자도 색이 바래고 여기저기가 닳아 있어서 예쁘게 꾸민 모습과는 어울리지 않았다.

그 사람이 말했다. "원래는 제가요. 처음엔 쌍둥이 개네 때문에 거기를 가기 시작했거든요. 솔직히 예쁘잖아요."

"그럼, 인호 씨는 매일 거기로 햄버거를 먹으러 간 거였어요? 이렇게 밤마다? 걔들 때문에?"

"매일은 아니고 자주 갔죠. 저도 처음엔 누구 말 듣고 간 거죠. 밤 10시에서 새벽 1시 사이에 거기 2층에 가면 연예인급인 여자가 둘이나 와서 커피만 몇 잔 시켜 놓고 가는 주제에 공부만 하다 간다고. 뭐, 저도 여자나 보러 간 건데. 그리고 그 쓰레기 새끼도 여자 보러 거기로 왔던 거고. 저처럼 그 새끼도 자주 왔어요. 그러다 어쩌다 그날은 내 발을 밟아서 나랑 대판 싸운 거고."

"아, 그 여자들 앞에서 싸운 거예요? 대놓고?"

"네. 어쨌든 조금 전에 그 쌍둥이가 쓰고 있던 모자요. 그 쓰레기 새끼가 쓰고 있던 모자가 확실해요."

"아니겠죠. 그런 거랑 똑같은 모자가 얼마나 많은데."

"색이 바랜 것도 그렇고. 걸레짝처럼 생긴 것도 그렇고. 완전 똑같던데?"

"요샌 빈티지라고 해서 일부러 새것을 그렇게 만드는 경우가 있잖아요. 그 모자도 그런 거겠죠."

"저도 그렇게 생각하고 싶은데, 그거 아세요?"

"어떤……"

"민수 씨가 여기 온 지 얼마 안 돼서 모르는 거예요. 이 동네에서 알게 모르게 실종된 사람이 많아요. 다 우리처럼 고시원에서 공부하거나 아니면 아예 고시원에서 살던 사람들이 없어진 거예요. 그것도 전부 남자들만."

 사실이었다. 민수는 이곳으로 온 지 얼마 안 됐다. 값이 나가는 원룸촌에서 공부하다 돈이 떨어져 여기로 온 거였다. 돈 때문에라도 어서 합격해야 했다. 그런 민수도 이 동네 거리에서 본 적이 있었다. 실종자를 찾아 주거나 제보를 해 주거나 하면 사례를 주겠다는 현수막을. 현수막으로만 따져도 실종자는 5명이었다.

 "민수 씨. 전 지구대도 가 봤어요."
 "지구대면, 경찰서요?"

 그 사람은 지저분한 그놈을 걱정해서가 아니라 촉이 꽂혔기 때문에 간 거라고 했다. 그리고 지구대에선 이런 말을 했다고 한다. 아니야. 절대 그 쌍둥이는 아니야. 학생처럼 그 쌍둥이가 범인 같다고 신고했던 사람이 여럿 있거든. 그때마다 그 쌍둥이 불러서 조사하고 그랬는데 나올 것도 없던데, 뭐.

 그 사람은 물러서지 않았다고 한다. 그러다 경찰들의 심기를 건드리는 말까지 하게 됐고 그러자 결국. 어이, 학생. 지금 경찰 준비한다면서 무고죄가 뭔지도 몰라? 공무집행 방해가 뭔지도 몰라?

그 사람은 지구대를 나올 수밖에 없었다고 한다.

"일찍 돌아가신 아빠가 형사였거든요. 아빠한테 그런 촉을 받았어요, 제가. 그래서 지금 경찰 준비하는 건데."

"그러니까 그 촉이 꽂힌 이유가 그 쓰레기 같은 놈이 쓰고 다녔던 모자 때문이잖아요."

그 사람이 끄덕이길래 민수는 진심을 담아 말했다.
"그 모자가 그 모자라는 증거 있어요?"

"증거는 없죠. 어디까지나 심증이죠."

민수는 웃을 수밖에 없었다. 심증이라니…….

"그래서 한번 확인해 볼 게 있어요."

"인호 씨. 그냥 관두는 게 나을 거 같은데."

"그러니까 확인을 해 보자는 거죠. 진짜 그것만 확인해 보고 관둘 생각이에요."

그다음 날 밤에도 민수는 그 사람과 함께 패스트푸드점 2층으로 갔다. 그때도 쌍둥이는 한가운데 원탁을 차지하고 있었고, 그중 하나는 색이 바랜 파란색 모자를 쓰고 있었다. 쌍둥이가 일어날 때까지 계속 2층에서 기다렸던 것은 아니다. 패스트푸드점 맞은편에 편의점이 있었다. 그 안에 앉아 아무거나를 먹으며 쌍둥이를 기다렸다.

새벽 1시가 가까울 무렵 쌍둥이가 나왔고, 그 사람은 쌍둥이를 따라갈 거라며 민수에게 같이 가자고 했지만, 내가 모르는 사람 몇 명 없어진 거 때문에 탐정놀이를 하는 것보단 당장 내 시험공부가 중요했다. 공부에도 흐름새가 있었다. 그런 흐름새 한번 어긋나면 큰일이다. 이번 시험이 마지막이라고 다짐하지 않았나.

민수는 그런 사정을 그대로 말하지 않았다. 대충 얼버무렸다.

그 사람은 쌍둥이의 뒤를 따라가더니 다음 날 점심이 될 때까지 돌아오지 않았다.

민수는 그 사람의 번호를 알고 있었지만 전화기가 꺼져 있었다. 민수는 고시원 건물 주인에게 그 사람의 방을 열어 달라고 했다. 거기서 찾은 연락처로 그 사람의 가족에게 연락할 수 있었다.

결국 민수, 그 사람의 가족들, 쌍둥이까지 모두 지구대로 모이게 됐다.

쌍둥이가 모른다고만 하는 바람에 소동이 벌어질

수밖에 없었다. 그러나 그런 소동은 곧 잠잠해지고 말았다. 그 사람이 실종이 된 당일 새벽 시간대의 어떤 골목 CCTV에 그 사람의 모습이 잡혔기 때문이다. 그것만이 아니었다. 새벽 거리에 있던 CCTV들에 죄다 모습을 잡히는가 싶더니 아침이 됐을 땐 어떤 지하철역 CCTV에도 잡혔다. 심지어 고속버스 터미널 CCTV에도 잡혔다.

그 사람은 아침 일찍 부산으로 갔던 것이다.

이해할 수도, 믿을 수도 없었다. 그러나 민수는 믿어야만 했다. 요즘 CCTV의 화질은 선명할뿐더러 확대도 됐다.

안경을 쓰고 청재킷을 입고 갈색 가죽 가방을 메고 있는 그 모습은 정말이지 그 사람 그 자체였다.

경찰이 내린 결론은 이랬다. 아무래도 고시원처럼 좁은 공간에 갇힌 상태로 공부를 오래 해서 기분 전환이 하고 싶었나 보네. 그러니 연락까지 다 끊고 부산 거기로 바람을 쐬러 갔지.

하지만 7일이나 지났음에도 그 사람은 돌아오지 않았다. 그 7일 동안 쌍둥이는 계속 패스트푸드점 2층 원탁에서 공부를 했고, 민수는 그 7일 동안 계속 쌍둥이를 엿봤다.

 쟁반 한쪽에 뿌린 케첩에 감자튀김을 찍어서 깨물어 본 민수는 그러면서 이런 생각을 해 보았다. 하기야 그럴 수 있다고. 그 사람이 말을 안 해서 그렇지 되게 힘들었을 거라고.

 민수도 그게 어떤 기분인지를 알고 있었다. 고시원의 좁은 공간에 갇힌 채, 안 될 수도 있는 걸 알면서도 최선을 다할 수밖에 없는 공부를 민수는 4년째 하고 있었다. 특히나 민수는 실기에서 한 번 떨어지고, 면접에서 또 한 번 떨어졌다. 필기에서만 연달아 떨어졌다면 포기해 버리고 벌써 어떤 직장이든 다니고 있을지도 모르는 지금인데, 그런 식으로 계속 떨어지는 바람에 이놈의 공부를 포기할 수 없었다. 민수의 심정이 그렇듯 그 사람의 심정도 그랬으리라.

 그 사람도 우울한 나날을 보내던 중 어느 날부턴가 예쁜 여자를 보며 위로 삼기 시작한 것이다. 그러다 그만 탐정놀이에 빠져 버렸고, 탐정놀이에 너무 심취한 자신의 모습을 어느새 깨닫고 자신의 그런 처지가 못마땅하고 수치스러워 자괴감에 빠진 나머지 어디론가 훌쩍 떠나 버리고 싶은 마음이 동했던 것은 아닐까. 그래서 쌍둥이를 미행하던 골목길에서 발길을 돌려 그 먼 부산에 가 어느 절벽 위에 선 채 바닷바람을 쐬다가 그만 안타까운 선택을 하고 만 것은 아닐까.

어디까지나 추측이었지만, 어디까지나 심증이었지만, 아무리 봐도, 누가 봐도, 그렇게 생각할 수밖에 없는 상황이었다.

항상 밝았다. 그 사람은 항상 밝았다. 그렇다고 우울증에 안 걸릴 이유는 없는 것이다. 가면 우울증. 오히려 그게 더 무서운 법이다. 때문에 민수에겐 지금이라도 이런 탐정놀이를 그만두어야 하는 명분이 있었다. 생각하면 할수록 그 사람은 자살한 게 맞으니까.

또 그 사람과 민수가 친한 사이라지만 솔직히 서로가 안 지는 얼마 되지도 않았다. 어차피 서로가 남이었다. 서로의 인생을 책임질 정도의 사이는 아니었다. 그런 수준의 인간관계 때문에 이렇게 걱정하고 흥분하고 있다니. 7일 동안 제대로 공부를 하지 않았다. 이렇게 어긋나 버린 공부의 흐름새를 바로잡는 데에 며칠이 걸릴지 장담할 수 없었다. 내일 아침 일찍 일어나기 위해 지금 당장이라도 잠을 자러

가는 게 맞았다.

상황이 이랬다.

상황이 이럼에도 민수가 이딴 탐정놀이를 그만둘 수 없는 건, 저 쌍둥이가 쓰고 있는 안경과 걸치고 있는 청재킷 때문이었고, 저렇게 의자 뒤에 걸어 놓은 갈색 가죽 가방과 그 가방에 달린 인형 때문이었다.

아무리 봐도 쌍둥이의 물건 전부는 그 사람의 것이었다.

그 사람의 것이 맞는지를 알 수 있는 방법은 있었다. 하나만 확인해 보면 됐다. 저 인형에서 그것만 확인해 보면 되는 거였다. 그러려면 인형을 가까이에서 봐야 했다. 그러나 어떻게 하면 저 인형을 가까이에서 볼 수 있을지 민수는 그걸 모르겠는 거였다.

민수는 음료수 빨대를 빨아 봤다. 하지만 컵 속에선 공허한 얼음 소리만 들렸다.

햄버거도 다 먹었다.

남은 거라곤 감자튀김 부스러기 몇 개가 전부였다.

부스러기 그걸 입에 넣으면서 민수는 어떻게 하면 저 인형을 가까이에서 볼 수 있을지 생각해 보았다. 가령, 1층으로 가 새로 음식을 주문하는 것이다. 그걸 가지고 올라온 뒤 이번엔 다른 자리로 가 보는 거다. 그러는 와중에 쌍둥이 곁을 지나치며 인형을 보는 건 어떨까. 아니면 그렇게 쌍둥이 곁을 지나칠 때 일부러 뭘 떨어뜨려 그걸 주우면서 인형을 보는 방법도 있었다.

에라이, 그냥 미친 척하고 쌍둥이한테 인형 좀 봐도 되냐고 물어보는 방법도 있었다.

이렇듯 방법은 떠올랐으나 다른 문제가 뭐냐면, 도대체가 그럴 엄두가 나질 않았다.

7일 전 민수는 쌍둥이를 신고했다. 민수와 쌍둥이는 지구대에 모여 소동을 벌인 사이였다. 쌍둥이는 민수를 절대 모르지 않을 것이었다. 바로 그러기에 민수는 쌍둥이 앞에서 무슨 행동이 됐든 어떤 그런 행동을 하기가 꺼림칙했다.

한숨을 쉬어 본 민수는 일단 내려가기로 한다. 내려가서 대충 가벼운 걸 주문해 그걸 먹으며 앞으로 어떻게 할지 생각해 보기로 한 것이다. 그렇게 민수는 음료수와 감자튀김을 주문했고 이제 그걸 기다리고 있을 그때…….

2층에서 늘씬한 청바지의 쌍둥이가 내려오는 게

아닌가. 그러는 사이 땡동 벨이 울리며 민수가 주문한 게 나왔다.

민수가 음식을 받은 다음으로, 이번엔 쌍둥이가 주문을 했다. 말하는 걸 들어 보니 세트 메뉴였다. 그것도 둘이 같은 걸 주문했다.

매일 밤 여기에서 몇 시간이고 앉아 공부를 하고 가는 주제에 주문은 달랑 커피 몇 잔이 고작이던 양반들이 웬일일까. 양심이 이제야 고개를 든 것일까. 그래도 쌍둥이가 주문한 게 다 나오려면 시간이 걸렸다. 게다가 쌍둥이는 가지고 내려온 것도 없었다.

즉, 지금 2층엔 쌍둥이의 물건만 고스란히 있었다.

2층으로 간 민수는 항상 앉는 자리에 쟁반을 놓았고 거기서 음료수 컵을 쥐었다. 빨대를 입에 문 채 한가운데 원탁으로 갔다. 혹시나 쌍둥이가 올라오나 기다려 봤지만, 그러지 않았다.

드넓은 2층에 살아서 숨을 쉬는 건 민수 말고는 없었다.

두근거리는 심장을 무시하며 쪼그려 앉은 민수는 가방에 달린 인형을 잡아 봤다. 뒤통수. 인형에서 뒤통수만 확인하면 됐다. 그리고 뒤통수에는 글자가 새겨져 있었다.

[정인호 LOVE 최수연]

***

밤 12시가 좀 넘었을 때 쌍둥이는 패스트푸드점을 나왔다. 길 건너 편의점 안에서 그 모습을 지켜보던 민수는 얼마 남지 않은 생수를 다 마셔 버린 뒤 쓰레기통에 버렸다.

오늘은 금요일이었고 그 점이 다행이었다. 이곳은 먹자골목으로 유명했기에 지금 시간이면 거리는 직장인들로 북적인다. 다들 술과 흥에 취한 채 그런 정신머리로 택시나 대리운전 기사나 3차를 찾느라 바빴다. 때문에 민수는 거리를 많이 떨어뜨리지 않으면서 쌍둥이를 따라갈 수 있었다.

그렇게 인적이 드문 곳으로 접어들게 된 것이다.

사람 사는 집이 많은, 골목과 골목이 많은, 그런 데였다. 이때부터 민수는 고민이 됐다. 발에 차고 있는 모래주머니를 버리는 셈 치고 그냥 풀어 버리는 게 어떨까 하고 말이다. 혹시 모를 상황이 생겼을 때 도망치려면 하나가 5kg 되는 모래주머니 2개는 없는 게 나았다. 그만큼 민수는 달리기에 자신이 있었다. 실제로 공무원 실기 시험장에서 민수는 말 그대로 날아다녔다. 그러면 뭐 하나. 이제까지 계속 떨어진 것을.

어쨌든 민수는 모래주머니를 풀지 않았다.

당장 이 동네에 인적이 없기는 했지만, 지금은 밤 12시가 넘은 시간이었다. 밤 12시가 넘었음에도 사람이 마구 돌아다니는 동네가 있다면 오히려 그런 동네가 이상한 게 아닐까. 골목 곳곳에는 음식물 쓰레기 수거함이 있었다. 어떤 대문 앞에선 고양이가 밥그릇에 얼굴을 파묻고 있었다. 가로등보다 더 밝게 켜진 화장실이 있는 공원 놀이터도 있었다. 무엇보다 쌍둥이가 들어간 곳은 그냥 평범한 집이었다. 그 집의 특징을 그나마 꼽는다면 마당에 나무가 있을 정도로 집이 크다는 거. 2층이기도 했다.

그래서 민수는 실망했다.

동네 뒷산 밑에 있는 어쩐지 불법 도축장 같은 곳으로 쌍둥이가 들어갈 줄 알았건만, 하다못해 정육점에라도 들어갈 줄 알았다. 남자들의 실종과 묘령의 쌍둥이. 이 둘을 잇는 연결 고리가 인육이나 장기 밀매 같은 긴장감이 아닐지. 민수는 생각했던 것이다. 그야 한 몇 년간 경찰 시험을 준비하면서 종종 해괴한 사건의 판례를 접한 나머지 해괴한 추리력이 발동된 탓이겠지만, 그래도 그렇지, 그냥 흔하디흔한 집이라니……

민수는 웃어 버렸다. 그놈의 촉이 잘못 꽂혀도 한참이나 잘못 꽂힌 거였으니까. 이래서 내가 합격을 못 하는 건가.

지금 민수는 골목 모퉁이 전봇대 그것도 헌 옷 수거함 옆에 있었다. 이제까지 거기에 몸을 숨긴 채 쌍둥이가 들어간 집을 쳐다보고 있었다.

이렇게 된 거 내일 밤 쌍둥이한테 대체 왜 그 사람의 물건을 가지고 다니는지를 물어봐야겠다고 마음을 먹은 민수다. 마음 같아서는 당장에라도 저 집에 쳐들어가 사실 관계를 확인하고 싶었지만, 민수는 경찰 지망생이었다. 가택 침입이 죄인 것을 잘 알고 있었다.

마침내 민수는 고개를 저었다. 오늘은 이제 그만해야겠다고 생각이 들었다. 안 그래도 저 앞에서 어떤 아줌마가 걸어오고 있기도 했다. 그 아줌마는 전화를 하고 있었다. 하고 있었는데…….

어째 이상했다.

아닌 밤중에 다 들리는 목소리로 통화를 하고 있었다. 게다가 민수를 빤히 쳐다보며 그러는 거였다. 그러다 아예 가던 길까지 멈추더니 민수를 마주 보고 서 버렸다.

아줌마는 계속 통화를 했다. "그러니까 내 말이. 저번처럼 살이 통통한 애가 좋은데. 그래야 구울 때 고소하고. 응, 그러니까. 우리가 여기서 먹을 건 다 먹었나 보다. 그러니까 저런 것만 걸리지. 그러게 진작 이사를 가자고 내가 그렇게 말을 했는데도 네 아빠가 말을 안 듣잖니. 네 아빤 왜 그러는지 모르겠다."

아무리 봐도 이상한 아줌마였다. 어쨌든 이 동네를 떠나기로 했기에 민수는 걸음을 옮겼다.

아줌마가 말했다. "야, 도망간다. 그러니까 일단 끊을게. 알았으니까. 지금 가지고 들어가면 되잖아."

누가 도망을 간다는 거지? 이렇게 생각한 민수는 뒤를 돌아볼 수밖에 없었다.

아줌마는 다가오고 있었다. 미소를 커다랗게 짓고

있었다. 너무 커다란 나머지 섬뜩할 정도였다. 또 아줌마는 손을 들고 있었다. 그 손은 밀가루 반죽 같았다. 그리고 반죽 같은 그 손으로 민수의 머리를 내리쳤다.

***

지하실이었다. 장판도 벽지도 페인트도 발리지 않은 온통 차가운 회색빛의 텅 빈 지하실.

휑한 그런 곳에 민수 혼자만 있는 건 아니었다. 민수를 때린 아줌마도 있었고, 쌍둥이도 있었다. 쌍둥이는 이제 안경과 청재킷을 걸치고 있지 않았지만, 민수는 누가 언니고 누가 동생인지 알 수 있었다. 지금 이곳에서 싸움이 벌어진 것이다.

지금 이곳으로 남편이자 아빠가 올 예정이었다. 아빠가 오면 그때 회를 쳐서 먹자고 쌍둥이가 주장한 반면, 아줌마는 기다릴 것 없이 구이와 탕으로 만들어 먼저 먹고 있자며 고집을 부렸다.

언니가 말했다. "생각해 봐, 엄마. 이제까지 아빠는 엄마한테 양보하느라 맨날 구이랑 탕만 먹었잖아.

이번에는 아빠가 좋아하는 회 좀 먹게 양보할 수 있는 거 아니야? 그게 그렇게도 어려워?"

아줌마가 말했다. "아니, 저게. 했던 말을 또 하게 만드네. 누가 회를 치지 말자고 했니? 아빠 기다리지 말고 먼저 친 다음에 남은 걸로 구이랑 탕을 해 먹겠다는 거잖아."

"엄마야말로 했던 말을 또 하게 하고 있어. 그러니까 회가 됐든 구이랑 탕이 됐든 아빠가 오면 요리를 그때 하자는 거잖아. 아빠가 올 때까지 아무것도 안 하고 기다리는 게 그렇게도 어려운 거냐고."

"네 아빠가 올 때까지 2시간이나 걸린다고 하니까 내가 이러는 거잖아. 엄마가 너무 배가 고파. 아빠만 입이야? 엄마도 입이야. 거기다 지금 회를 친다고 해도 그 2시간 안에 회가 상하는 것도 아니고."

"엄마는 바로 그게 문제야. 상하네 마네 그런 문제가 아니잖아. 마음가짐이 중요한 거잖아. 아빠는 가장이랍시고 맨날 일하느라 밖에서 고생만 하는데 정작 집에서는 대접도 못 받고 있잖아. 이번만이라도 아빠를 대접하자는 거지."

"가장? 그게 가장이야? 가장이 가장 노릇을 해야

가장이지. 그런 게 어디 가장이라고, 참나."

"아니지. 그렇게 말하면 안 되지. 엄마야말로 엄마 노릇을 잘해야 그게 엄마지. 이제까지 맨날 아빠만 우리한테 충실했잖아. 이제까지 엄마가 우리한테 충실했던 게 뭔데?"

"뭐? 너 방금 뭐라고 했어? 아니. 여태까지 이렇게 키워 준 게 다 누군데? 너 그 말 사과해."

"내가 왜 사과를 해? 사과를 하려면 엄마가 우리한테 해야지. 우리가 이렇게 자랄 때까지 엄마가 한 게 뭐가 있는데?"

"보자 보자 하니까 정말. 너 말버릇이 왜 그래?"

"말버릇? 이거 다 엄마한테 배운 건데? 평소에 엄마가 아빠한테 하는 모습을 보고 내가 배운 거야."

아줌마가 성질을 냈다. 성질을 내면서 팔을 휘둘렀는데 똑같이 언니도 팔을 휘둘러 그것을 막아 냈다. 그러자 아줌마의 팔이 천장에 박혔.

이렇듯 아까부터 아줌마는 언니 뒤에 숨은 동생에게 끝이 날카롭게 변한 손을 휘두르고 있었다. 정확히는 동생이 품에 안고 있는 민수를 죽이려는 거였다. 그런 아줌마의 공격을 언니가 죄다 막아 내고 있었지만 말이다. 이런 싸움이 가능한 건 여자들의 팔이 고무줄처럼 늘어나기 때문이었다.

다시 아줌마가 팔을 휘둘렀다. 이번에도 언니가 막으려 했지만 그럴 수 없었다. 아줌마는 휘두르는 척하다 다른 팔로 진짜 공격을 했던 건데, 그 공격은 언니의 허리 옆을 지나 그대로 민수의 얼굴로 날아들었다. 그러나 민수를 안고 있던 동생이 순식간에 자기 손을 넓적하게 부풀려 방패처럼 그 공격을 튕겨 내 버렸다.

따지고 보면 동생은 민수를 품에 안은 게 아니라 가둔 거였다. 발 두 개와 팔 하나를 피자 반죽처럼 변하게 한 뒤 그걸로 민수의 몸을 감싸고는 그대로 굳힌 것이다. 그 상태에서 민수가 숨은 쉬라고 얼굴만 덮지 않았고 바로 그 부분을 아줌마가 노리는 거였다.

아줌마가 다시 팔을 휘둘렀다. 언니가 막아 내자 아줌마는 다른 팔을 휘둘렀지만 역시나 언니가 막아 내는 바람에 그 팔은 천장에 박혀 버렸다.

"아, 짜증 나게 진짜. 네가 이러고도 내 딸이니?"
이 말을 시작으로 아줌마가 팔을 휘둘러 대기 시작했고, 언니는 그 공격을 전부 막아 내고 막아 내며 말했다. "나라고 내가 엄마 딸 하고 싶어서 이러는 줄 알아? 나 엄마 딸 하기 싫어. 그런데 엄마가 우릴 무책임하게 싸지른 거잖아. 그러니까 우리가 엄마 딸을 하고 있는 거고."

언니의 말이 다 끝나기도 전에 공격을 멈춰 버린 아줌마였다. 놀란 표정을 짓고 있었다. 그런 표정으로 말했다. "방금 뭐라고 했어, 너? 무책임하게 싸지른 거라고? 아니, 어떻게 그런 말을 할 수가 있어?"

"내가 틀린 말 했어?"

"아니, 너 어떻게, 어떻게 그런 말을 할 수가······."

이번엔 동생이 말했다. "언니. 이제 그만해."

하지만 그만하지 않았다. "나도 밤마다 잡아먹을 사람 데리고 오는 거 싫어. 얼마나 피곤하고 귀찮은데. 언제까지 이렇게 살아야 하나 그런 생각이 드는 때가 한두 번이 아니야. 나도 그냥 평생 소고기 돼지고기 물고기 이런 것만 먹으면서 살고 싶어. 그러게 누가 우리를 낳으래? 어차피 속도위반이라며. 그럼, 그냥 지우지 그랬어?"

이제까지와는 차원이 다르게 소리를 지른 아줌마는 팔 휘두르는 것도 그렇게 했다. 그 공격은 모두 언니에게 집중된 거였다. 언니라고 가만히 있지 않았다. 팔 4개가 어찌나 빠른지, 눈에 보이는 게 아니라 소리만 들렸다. 팔의 날카로운 그 끝부분이 서로 부딪칠 때마다 허연 불꽃도 일었다. 어쩌다 민수한테 날아드는 것도 있었고 그런 걸 막아 내느라 동생은 애를 써야 했다. 동생에게 안겨 있으니 그만큼 애쓰는 젊고 예쁜 여자의 숨소리와 숨결과 따뜻하고 촉촉한 땀을 다 느낄 수 있는데도 오랜 기간 독수공방 중인 민수는 하나도 좋지 않았다. 절대로 좋지 않았다.

이미 오줌도 쌌다.

이런 상황에서도 민수는 천장에 있는 조명을 쳐다볼 정신은 있었다. 천장을 가득 채울 정도로 조명은 많았지만 칼바람에 휘말린 나머지 이미 많은 수가 깨지고 터진 것이다. 저렇게 깨지고 터지다 다 그래 버리면 그땐 어쩌나, 민수는 그런 걱정을 했던 거다. 그리된다면 아무것도 안 보일 정도로 깜깜해지고 소리만 들릴 것이었다. 그럼 더 무서울 터였다. 그때가 되면 오줌은 벌써 쌌으니 똥을 쌀지도 몰랐다.

그런데 어느 순간 언니가 비명을 질렀다. 그러자 반으로 갈라졌다. 티셔츠를 입은 몸뚱이와 청바지를 입은 다리 부분으로.

이때까지도 민수는 소리를 지르지 않았다. 민수가 소리를 지르기 시작한 건 티셔츠를 입은 언니의 그 몸뚱이 부분이 몸을 일으킨 채 이런 말을 했을 때다. "희진아, 이것 좀 봐. 엄마가 날 잘랐어. 넌 저런 게 엄마라고 생각하니?"

이름이 희진이었던 동생이 민수를 놔 버리고 언니의 다리 부분으로 달려간 탓에 이때부터 민수는 소리를 지르는 거 말고도 발버둥까지 칠 수 있었다.

언니의 다리 부분이 산낙지처럼 꿈틀거렸기에 동생은 그걸 잡는 데 애를 먹어야 했다. 그 모습을 보면서 민수는 더 소리를 지르고 더 발버둥을 쳤다.

"아, 시끄러워. 안 되겠다. 시끄러워서라도 저거 그냥 회 쳐야겠다." 이렇게 말한 아줌마는 민수에게 팔을 휘둘렀지만 잘못 휘두를 수밖에 없었다. 몸뚱이만 남은 언니가 더 빨리 팔을 휘두른 탓이다.

아줌마는 장작을 팰 때처럼 쪼개졌고, 쪼개진 그 상태로 말했다. "얘, 희진아. 이것 좀 봐라. 네 잘난 언니가 날 이렇게 했다. 이건 어떻게 생각하니?"

"맨날 별것도 아닌 거 가지고 이렇게 싸우니까 아

빠가 우리를 보기 싫어하는 거잖아. 아빠가 맨날 회사 사람들하고 늦게까지 술 마시다 오는 건 우리 책임도 있어." 여기까지 말한 동생은 언니의 다리 부분을 들고 있었다. 그것을 언니의 몸뚱이 부분에 이리저리 문질러 댔다.

이제 민수는 소리를 지르지도 발버둥을 치지도 않았다. 대신 동생이 하고 있는 짓을 두 눈 똑바로 뜨고 쳐다봤다.

언니의 그 잘린 부분에선 뼈라든지 내장이라든지 뭐라도 보여야 했지만, 그게 아니라, 그 부분은 그냥 밀가루 반죽 같았다. 반죽이 그렇듯 언니의 위아래가 붙고 있었다. 저쪽에 있는 아줌마라고 다르진 않았다. 잘린 왼쪽과 오른쪽이 꿈틀대면서 서로 들러붙고 있었다.

건너편 구석에는 계단이 있었다.

계단 위에는 문이 있었다.

문은 열려 있었다.

동생이 말했다. "언니, 쟤 도망가는데?"

언니가 팔을 휘둘렀다. 하지만 누워서 곁눈질로 봐서 그랬던 건지 아니면 몸이 잘려 힘을 낼 수 없었던 건지 아무튼 세 번째가 아니라 네 번째에 맞추고야 마는데, 발목에 꽂힌 것이다.

비명을 지르며 빙그르르 붕 뜨다시피 쓰러진 민수는 그래도 기고 또 기어 계단을 오르고 올라 문으로 쏙 빠져나가 버렸다.

비명은 계속 질렀다.

"저거 아주 발악을 하는구나, 발악을." 머리가 다 붙은 아줌마가 이렇게 말했고, 이어서 언니가 말했다. "희진아, 뭐해? 저렇게 도망가게 놔둘 거야?"

"방금 언니가 발목에 있는 그 힘줄 끊은 거 아니었어? 그러면 못 도망가지 않나?"

"그러니까 잡으라는 거야. 계단이고 집이고 막 돌아다니면서 피를 흘리고 다닐 거잖아. 그리고 하나만 끊은 거라서 저 상태로 집 밖으로 나갈 수도 있어. 그땐 어떻게 하려고?"

"나보고 어떻게 하라고. 나 사람 못 죽이잖아."

"누가 죽이래? 잡아 오라는 거지. 어차피 나랑 엄마는 붙으려면 시간이 더 있어야 하니까 너 말고는 잡으러 갈 사람 없어. 빨리 가."

아줌마가 말했다. "그러니까 그냥 내 말 듣고 회를

쳤으면 이런 일 없었잖아. 자고로 엄마 말 들으면 자다가도 떡이 나오는 거야."

언니가 팔을 휘두르자 아줌마의 목이 잘렸다.

잘린 아줌마의 목이 말했다. "아니, 저게 진짜 보자 보자 하니까. 너 엄마한테 이게 무슨 짓이야. 그것도 두 번씩이나."

"이게 다 엄마 때문이잖아. 엄마가 그냥 조용히 우리가 하자는 대로 했으면 이런 일도 없었어."

이번엔 아줌마의 차례.

언니의 목이 잘리자 이제 둘은 말로 싸우기 시작했다.

한숨을 쉰 동생은 계단으로 향했다.

***

방금까지 민수는 거기를 지하 1층이라고 생각했다. 그런데 계단을 오르고 오르고 올랐음에도 층계 소용돌이는 끝나지 않았다. 이대로 못 나가는 건가 무서워 소리 지를 겨를도 없었다. 개처럼 달리고 있었지만 그딴 건 아무래도 상관없었다. 그냥 층계를 돌고 돌고 돌 뿐이었다.

그래도 마침내 빛이 새고 있는 문과 마주할 수 있었다.

손을 뻗으면 문이 닿는 곳까지 다다른 민수는 일단 추리닝 바지를 걷어 올려 돌덩이 같은 모래주머니를 풀기로 했다. 이제야 모래주머니가 느껴졌다. 그 덕에 발목이 무사할 수 있었다.

다 풀어 버린 민수는 문으로 돌진했다.

문밖으로 나오면서 한 바퀴를 뒹굴어 버린 민수는 다시 소리를 질러야 했다. 온통 밝아서 모든 게 보였지만 집이 너무나도 넓었다. 좁은 고시원 방에 오래 살았던 탓일까. 도대체가 어디가 어딘지 모를 정도였다. 어디로 어떻게 나가야 할지 정신을 차릴 수 없었다. 되는 대로 옆으로 구르고 구르다 소파와 부딪치고 나서야 좀 진정이 될 수 있었다.

숨을 헐떡이며 소파에 손을 짚은 민수는 반쯤 몸을 일으켜 봤다. 이번에야말로 정신을 부여잡고 제대로 둘러보려고 말이다.

왼쪽엔 식탁이 있었고 주방이 있었다. 주방 옆에는 화장실 문이 열려 있었고, 그 안에는 변기도 있었고 욕조도 있었다. 자, 자, 이렇게, 이렇게 침착하게, 침착하게 생각하면 되잖아, 민수야.

오른쪽 저쪽에는 벽에 걸린 텔레비전이 있었다. 그 뒤에는 커튼이 쳐져 있었다. 그리고 앞쪽인 바로 저기에는 신발장이 있었다. 신발장. 그랬다. 신발장이 있는 저기가 현관이었다.

민수는 웃는 건지 우는 건지 모를 소리를 흘리며 기고 또 기었다. 그러다 뒤에서 동생의 목소리가 들렸다. "야, 오줌싸개."

민수는 벌레가 죽을 때처럼 발랑 뒤집혀야 했다.

"이거, 오줌싸개 네 거지?" 예쁜 얼굴의 동생은 모래주머니를 흔들어 보였다. 동시에 다른 손은 앞으로 쭉 길어지고 있었다. "야, 정 그렇게 무서우면 우리가 마취해 줄게. 마취하면 하나도 안 아프거든. 솔직히 우리도 다 먹고살려고 이러는 거야. 생각해 보면 우리도 불쌍해."

동생의 길어지고 길어진 손이 민수의 멱살을 살며시 쥐었을 그때, 용수철처럼 튄 민수는 소리를 지르며 현관으로 달려갔다.

여자들은 이상했지만 집은 이상하지 않았다. 현관

문은 어디서나 볼 수 있는 현관문이었다. 그래서 열 수 있었고 나갈 수 있었다. 그 순간까지 따라온 동생의 손이 민수의 목덜미를 낚아챘지만…….

"야, 잠깐. 야, 나가면 안 되는데, 야."

거기까지였다. 동생은 주변에 있지도 않은 엄마와 언니에게 이제 어떻게 하냐며 발만 동동 구르지 밖으로 나오지 않았다.

마당까지 나온 민수는 반쯤 열린 대문을 밀어 버리며 밖으로 나왔다. 그런 뒤에는 머뭇거려야 했다. 어디로 가야 할지를 몰랐으니까. 그래도 머뭇거림은 잠깐이었다. 아무 곳이든 좋으니 저기만 아니면 된다, 이런 생각을 시작으로 민수는 달리고 또 달릴 수 있었다.

그런 민수를 지켜보는 사람들이 있었다. 남자와 여자였다. 이제까지 그 둘은 전봇대 헌 옷 수거함 옆에 쪼그리고 있었다.

여자가 말했다. "저 사람 이상해……."

남자가 말했다. "그러게. 무슨 놈의 소리를 저렇게 희한하게 지르지? 왜가린 줄 알았네."

"왜가리?"

"하긴. 요새 젊은 사람들 취업이 안 된다 안 된다 하더니. 저렇게 미친놈 하나 생기는 건 일도 아니지." 여기까지 말한 남자는 어째 아까부터 발음이 이상했다.

"그런데 오빠는 갑자기 말을 이상하게 해? 오빠도 미친 거야?"

"그러게 누가 혀를 깨물래?"

"그러게 누가 혀를 넣으래? 뽀뽀만 하자고 했잖아."

"무슨 소리야? 네가 먼저 넣었잖아."

"아, 몰라. 아무튼 빨리 집에 가자. 얼마 전에 이 동네에서 발가락이 발견됐거든."

"발가락? 사람 발가락?"

"그렇다니까."

"손가락도 아니고 발가락이?"

"이 동네에 길고양이한테 밥을 주는 사람이 있는데, 원래 고양이가 자기한테 밥을 주는 사람한테 보답을 가끔 하거든. 그래서 쥐 같은 걸 물어 오고 그럴 때가 있어."

"그런데?"

"그런데 그때 그 사람한테는 사람 발가락을 물어

온 거야."

"경찰 오고 난리 났겠네?"

"당연하지."

"그런데 어쩌다가 손가락도 아니고 발가락이 그렇게 됐을까?"

"나도 모르지. 그러니까 빨리 집에 가자. 무서워."

"진짜로 네 집에 아무도 없다고?"

"그렇다니까."

"그럼, 빨리 가야지."

남자는 자리에서 일어났다. 미소를 지은 여자도 일어났다. 이어서 둘은 어디론가 걸어갔다.

그리고 그 집은, 대문 너머 그 안에 있는 문까지 열린 그 집은 그냥 조용할 뿐이었다.

　진짜 옛날에 어떤 공모전에 냈던 단편인데요. 만약 그 공모전에 뽑혔다면 그 받은 돈으로 제 친구에게 고급 일식 요리를 대접하고 싶었습니다. 이 단편의 소재를 그 친구가 말해 줬거든요. 일단 공모전에 뽑히겠지, 라며 속으로 허세 부린 점은 따지지 말고, 그때 그 친구가 말해 준 얘기를 여기에 풀어 보자면요. 자기가 자주 야식을 먹으러 가는 패스트푸드점에는 같은 시간에 같은 자리에만 앉는 여자들이 있대요. 그 둘은 엄마와 딸이 틀림없다고 그 친구는 주장했는데 어쨌든, 와서 한다는 게 딸은 공부고 엄마는 휴대전화 들여다보기라나 뭐라나. 그러니까 딸을 거기로 데리고 와서는 공부를 시켜 놓고 감시를 했다는 겁니다, 엄마라는 사람이. 그렇게 공부를 시키면 딸이 제대로 공부가 될까 싶기도 하고, 또 엄마 되는 사람이 너무한 거 같기도 하고, 그러다가도 남의 가정산데 내가 이러쿵저러쿵 평하는 것도 좋은 건 아닌 거 같고, 여하튼 여러 생각이 드는 사연이었습니다. 그건 그렇고. 사실 저한테 이런 썰을 푼 그 친구는요, 말이 정말 없는 타입이거든요. 웬만한 일 가지고는 감흥도 없어요. 사람이나 하나 죽어야 그때 가서 스윽 쳐다보려나. 바로 그런 사람이 이런 썰을 나한테 풀었다라, 모르긴 몰라도 그 친구에게 있어 그 사연이 뭔가 의미가 있다, 이겁니다. 그래서 그런 썰을 푼 그 친구의 의도를 좀 생각해 봤는데, 아무래도 그 친구, 그 딸이 마음에 들었나 봐요. 그 친구는 그럴듯 심쿵한 의도로 그런 얘기를 꺼냈겠지만, 정

작 나는 이딴 거나 쓰고 앉았다니, 이래서 소설 쓰는 놈들이 문젠가 봅니다. 한마디로 또라이? 그럼에도 변명을 하자면, 제가 괴담을 썼다기보단, 세상이 먼저 괴담을 쓴 거 아니겠습니까?

세 번째 이야기

[막차]

　고속버스가 멈추고 문이 열렸다. 사람들이 줄줄이 버스에서 내리기 시작했다. 맨 뒤에서 제일 구석진 곳에 앉은 길태는 사람들이 다 내리는 것을 끝까지 지켜본 뒤에야 자리에서 일어났다.

　그런 길태를 이상한 눈으로 쳐다보고 있는 버스 기사였다.

　길태가 든 가방 손잡이에는 수갑이 채워져 있었고, 손목에도 똑같이 채워져 있었다.

　버스에서 내린 길태는 건물로 들어가 자판기로 갔다. 거기다 천 원을 넣고 버튼을 눌렀다. 길태는 탄산음료를 마시지 않는다. 하지만 캔을 까고 나서 한 모금을 마셔 봤더니, 바로 그게 탄산음료였던 것이다.

그만큼 피곤했다.

쓰레기통에 버린 길태는 뭔가를 다시 뽑을까 했지만 관두었고, 수갑의 사슬 소리와 함께 기지개를 켰다. 그것도 잠시, 자판기 안에서 동전 떨어지는 소리가 들렸다.

잠깐 바라본 길태는 동전을 내버려둔 채 자판기를 떠났다.

전주 고속버스 터미널 앞 길가에는 택시 정류장이 있었다. 거기서 아무 택시를 타고 집에 가면 되는 거였다. 그러나 택시가 하나도 없었다. 조금 전에 버스에서 같이 내렸던 그 사람들도 다 어디로 갔는지 하나도 안 보였다. 도로라고 다르지 않았다. 자동차가 한 대도 없었다.

길태는 가격만큼이나 묵직한 손목시계를 봤다. 시간은 12시 45분. 생각에 잠기는가 싶던 길태는, 결국 택시가 보일 때까지 걷기로 작정하고야 만다. 그러면서 이번에 했던 일을 쭉 생각해 봤다.

서울에 있는 사무실에서 박 실장이 전화를 했고, 그렇게 일은 시작이 됐다. 사무실에서 일을 줄 땐 건당 한 달의 말미를 준다. 간혹 두 건을 줄 때가 있기는 있었지만 그런 때는 어쩌다 한 번 있을까 말까였다. '한 달에 한 건'이 통념이라면 통념이었다. 그런데 이번엔 사무실에서 세 건을 줬다. 다른 사람이었다면 한 달에 세 건을 어떻게 하느냐, 시간을 더 달라, 한꺼번에 세 건이니 원래보다 돈을 더 받아야겠다, 뭐 이런저런 떼를 쓰겠지만, 길태는 그냥 했다. 완벽하게. 그리고 그래서였다. 사람들이 일자리를 잃고 있는 와중에도 길태만큼은 계속 일을 할 수 있는 이유가 말이다.

갑자기 걸음을 멈춘 길태는 사방을 둘러봤다. 아직도 택시며 자동차며 사람이며 도무지 안 보였다. 새벽 1시가 다 된 시간이라지만 그래도 그렇지 뭐 이리도 썰렁할까. 아예 동서남북 1킬로미터 이내에 움직이는 게 없었다. 세상이 망하기라도 한 거 같았다. 그러다 길태는…….

끄덕일 수밖에 없었고 다시 걸을 수 있었다.

몇 시간 후면 월요일 아침이었다. 내일만 보고 살아야 하는 사람들이 출근이나 등교를 하는 월요일 아침. 내일만 보고 사는 사람들이 월요일 아침을 몇 시간 앞두고서 할 수 있는 일이라곤 자는 것 말고는 없었다. 지금 길태가 있는 곳에서 길태가 사는 집까지는 걸어서 1시간 정도가 걸렸고, 까짓것 그 1시간 걸어가 버리면 그만이었다. 길태는 그런 여유를 부릴 수 있었다.

생각이 여기에까지 이르자 길태는 미소를 지을 수 있었다. 그런데 여유를 부릴 수 있는 이유 그 하나 때문에 자신의 처지에 만족하는 건 아니었다.

사실 정신 넋 빠진 학생이나, 진짜로 넋 빠진 사람이나, 아니면 백수건달도 이런 시간에 여유를 부릴 수는 있었다. 그런 자들과 달리 프리랜서인 길태는 재능이 있었다. 재능도 보통 재능이 아니었다. 뭐랄까. 퍼즐의 마지막 남은 한 조각처럼 길태는 자기가 몸담고 있는 업계를 비로소 완성시키는 존재였다.

하여 많은 돈을 벌었고 지금도 벌고 있었다.

마지막으로 길태는 독신이었다. 돈 많은 독신.

생각이 여기에까지 다다르자, 길태는 미소를 지을 수밖에 없었다. 그리고 어디선가 빠방, 경적 소리가 울렸다.

맞은편 도로에서 택시가 멈췄다. 창문이 내려간 그 안에서 택시 기사가 보고 있었다.

택시로 간 길태는 뒷좌석에 오른 뒤 이렇게 말했다. "도립 여자 고등학교 앞으로 가 주세요."

길태가 가방을 무릎에 올려놓는 사이 택시가 출발했다.

잠시 후, 창밖으로 종합 경기장이 스쳐 지나가던 때였다.

아까부터 자꾸 뒷거울 속에서 택시 기사가 엿봤던 것이다. 택시 기사의 얼굴은 넓적한 게 꼭 인심 후하기로 소문난 중화요릿집 주방장 같았다.

눈을 마주치자 택시 기사가 말했다. "혹시 그 가방, 007 가방이죠? 젊은 사람이 007 가방 들고 다니는 건 처음 봐서요. 요즘 젊은 사람들 직장 못 잡아 걱정인데 그쪽은 벌써부터 좋은 직장에 다니나 봐요? 서울 사람인가? 이곳으로 출장 왔어요?"

"제 연봉이 궁금하시죠?"

길태의 대답을 듣고 웃어 버리는 택시 기사였다.

"제 연봉이 궁금한 거 아닌가요?"

"그 뭐야. 한 달에 500에서 600 버는 것처럼 보이는데, 아니지? 한 800? 1000까지는 아니고."

길태는 웃음을 지었다.

"왜요? 1000 넘어요?"

길태는 일을 1년에 세 건 정도 했다. 한 건 처리할 때마다 대략 5억을 받는다.

"내가 왜 그러냐면. 아, 돈은 쥐꼬리만큼도 없으면서 지금 그쪽이 입고 있는 양복이나 그쪽이 차고 있는 시계를 차고 다니는 놈들이 있잖아. 외제 차 좋아하는 것들 말이야. 처음엔 그쪽도 그런 놈인 줄 알았다, 이거지. 그런데 지금 보니까 아니네. 손에 검은색 그거 수갑인데, 뭐."

길태가 손을 들어 보이자 사슬이 소리를 냈다.

"그런 건 영화에서나 봤는데 이렇게 실제로 보는 건 진짜로 처음이네. 어쨌거나 가방을 그렇게 들고 다니는 걸 보니 그 가방에 엄청 비싼 게 들어 있는 거고. 그렇게 엄청 비싼 걸 들고 다니는 사람은? 당연히 연봉이 센 사람이라 이거지. 내 말이 틀렸나?"

길태는 입을 다물고 있었다.

"아니면 그 가방에 마약이라도 들었나? 이 오밤중에 젊은 사람이 그것도 잘 차려입었겠다, 거기다 그런 가방을 들고 다니겠다, 누가 봐도 마약 운반하는 사람이지. 아니면 마약하고 맞바꿀 다이아 같은 걸 수도 있겠네."

길태는 미소를 지었다.

"안 그래요? 홍콩이나 마카오, 서울보다야 여기 전주처럼 촌구석이 물건 바꾸긴 제격이지. 조용하니까."

길태는 끄덕이기만 했다.

"지금까지는 웃자고 한 소리고. 말해 봐요. 무슨 일 해요? 궁금해 죽겠네. 뭐, 말하기 싫으면 안 해도 되고."

길태는 넥타이를 느슨하게 풀어 본 뒤 말했다. "한번 맞혀 보세요."

황당한 표정을 지은 택시 기사였다. 이내 생각에 잠기기 시작했다.

"펀드 매니저 하고 있어요."

"펀드? 펀드면? 주식?"

"네."

"그럼, 그 가방에는 주식 관련한 어떤……. 그런 정보가 들어 있는 거네?"

"그렇다고 볼 수 있죠."

택시 기사는 운전대로 부드러운 곡선을 그린 뒤 말했다. "그런데 왜 차가 없나? 펀드 매니저라고 했잖아. 돈 놔두고 뭐 해, 차 안 사고. 그래서 내가 더 그렇게 생각할 수밖에 없지. 몸은 돈으로 도배했는데, 이 시간에 걸어 다니는 게 말이 돼? 누가 봐도 부자인 척하는 놈으로 보이지."

"돈 많다고 꼭 차가 있어야 하나요?"

택시 기사는 잠깐의 뜸을 들인 뒤 말했다. "혹시 몇 살인지 물어봐도 되나?"

"서른하고 여섯 살 먹었습니다."

"아이고, 꽤 먹었네. 이십 초반으로 봤는데. 역시 돈 많으면 사람이 젊어져, 안 그래?"

"그런가요?" 길태는 웃고 있었다. "잘 모르겠네요."

"아무튼 보면 볼수록 젊은 양반이 참 멋지네. 우리 아들 새끼도 젊은 양반 멋진 거 반만 닮았으면 좋을 텐데. 우리 아들 새끼는 말이야. 내가 그렇게 공무원이나 월급쟁이 하라고 했는데 그 자식은 무슨 사업을 한다고 1년 동안 노가다 하더니 그 돈 싹 다 가지고 서울을 가 버리네."

"노가다요? 그렇게 1년 일한 돈으로 사업을 할 수 있나요?"

"내 말이. 자기가 아는 선배 놈이랑 동업한답시고 올라가 버렸다니까, 글쎄."

"무슨 사업인데요?"

"강장제 사업. 지들이 무슨 술의 신 박카스를 이기겠다고 난리야. 내가 볼 땐 그냥 젊은 날 객기지."

"아드님이 몇 살인데요?"

"스물여덟."

"군대는요?"

"갔다 왔지."

"그럼 된 거 아닌가요?"

"사업을 아무나 하나? 거기다 사업은 경기가 좋을 때나 안 좋을 때나 상관없이 오늘 망할지 내일 망할지 때문에 평생 벌벌거려야 된다고. 사업? 그거 골치 깨지는 거 이만저만 아니야."

"기사님은 사업을 해 보셨나 봐요?"

"왕년에 해 봤지. 그런데 망해서 이거나 몰고 있고."

"제 생각엔 요즘 젊은 사람들보다 아드님이 훌륭한 거 같은데요."

"왜?"

"이 세상에 자기가 하고 싶은 걸 하는 사람이 얼마나 돼요? 편하지만 평생 남의 인생이나 살아 주다 관 속으로 들어가는 것보다, 위험해도 자기가 하고 싶은 일을 하는 게 더 훌륭한 거 아닌가요?"

"누가 남의 인생 살아 주고 싶어서 사나? 자기를 믿고 했다가 안 되면 남의 인생 살아 주는 것보다 더 비참해지니까, 그러니까 어쩔 수 없이 남의 인생이나 살아 주는 거지."

"결국 용기의 문제겠죠."

"참……. 요새 젊은 놈들하고 생각하는 게 완전 다르네. 그럼, 그쪽도 하고 싶은 일을 하고 있어?"

"네?"

"그래. 그쪽은 펀드 매니저를 하고 싶어서 한 거야?"

길태는 말을 하지 않았다.

"뭐야? 왜 말이 없어? 그쪽이 이제까지 말한 걸로 따지면 그쪽은 어렸을 때부터 펀드 매니저를 하고 싶었고 그래서 지금 펀드 매니저를 하고 있는 거잖아. 그래야 앞뒤가 맞는 거잖아. 내 말이 틀려?"

"틀린 게 아니라 맞는 말이죠."

택시 기사가 속도를 줄이는가 싶더니 차를 세웠다. 횡단보도 앞이었다. 신호등은 꺼져 있었지만 대학생처럼 보이는 취객 여럿이 횡단보도를 건너고 있었다.

"그럼, 뭐야. 그쪽이 펀드 매니저를 하고 싶어서 한

게 아니면 결국 그쪽도 돈 때문에 펀드 매니저를 하고 있다는 말이네?" 택시 기사는 아예 고개를 돌려 길태를 쳐다봤다. "그렇지? 내 말이 맞잖아."

생각에 잠겨 있던 길태는 고개를 끄덕였다. "그렇죠."

택시 기사가 차를 몰면서 말했다. "그럼. 그쪽도 결국 공무원이나 월급쟁이처럼 남의 인생이나 살아 주고 있는 거 아닌가? 펀드 매니저가 남의 재산을 불려 주는 거잖아. 그러니까 그것도 남의 인생 살아 주는 거밖에 안 되는 거다, 이거지."

길태는 가방 위로 깍지를 낀 채 가만히 있었다. 뒷거울 속에서 대답을 기다리고 있는 택시 기사는 만족한 얼굴이었고 말이다.

길태가 말했다. "말씀하신 것처럼 지금 제가 하고 있는 일이 제가 어렸을 때부터 하고 싶었던 건 아니네요. 그건 맞는데."

"맞는데?"

"그렇다고 또 하기 싫은 건 아니에요."

"뭐라고?"

"지금 제가 하고 있는 일이 저한텐 재밌지는 않지만 그렇다고 또 하기 싫어서 괴로운 건 아니네요."

"재밌지는 않지만? 하기 싫어서 괴롭지는 않다……." 택시 기사는 고개를 끄덕이고 있었다. "완전 칠순 지난 사람처럼 말하네."

"그런가요?"

"그럼 된 거지. 조기 축구 하는 사람들 보면 딱 알 수 있지. 그 사람들 축구하면서 힘들어 죽어 가는데도 보면 웃으면서 뛰어다니잖아. 그런데 다음 날 출근할 때는 말이야. 도살장에 끌려가는 표정을 짓잖아. 뭐, 조기 축구 하는 사람들만 그런 게 아니지. 세상 모든 사람이 다 그런 운명이지. 그런데 적어도 그쪽은 지금 하고 있는 일을 하면서 도살장 끌려가는 기분을 안 느낀다는 거잖아. 맞지?"

"네, 맞습니다."

"다른 건 모르겠고 펀드 그쪽 세계가 완전 도박판 아니야? 그런데도 젊은 사람이 그런 곳에 있으면서 돈 많이 벌었으니 부럽네. 진짜로 부러워."

"방금 도박판이라고 하셨죠?"

"내 표현이 좀 그랬나?"

"아니요. 아주 적절해서요."

***

미터기에는 7,900원이 좀 넘는 금액이 찍혀 있었다.

"내가 여기 지나갈 때마다 이런 생각을 했거든. 대체 저렇게 좋은 아파트에는 어떤 사람들이 살까. 그랬더니 지금 딱 그런 사람을 만났네?"

"현금으로 계산하겠습니다."

길태가 지갑을 꺼내는 사이 택시 기사는 운전석 조명을 켰다.

지갑 속에는 만 원 1장이 유일했다. 길태는 그걸 건네며 말했다. "잔돈은 그냥 가지세요."

막 거스름돈을 꺼내고 있던 택시 기사는 깜짝 놀란 표정을 지었고, 문을 연 길태는 밖으로 나갔다.

"저기, 잠깐."

문을 닫으려던 길태였다. "잔돈은 그냥 가지세요."

"그게 아니라……." 택시 기사는 운전석과 조수석 사이에 있는 팔걸이 그걸 열었다. 그 속에는 갈색 병 6개가 두 줄로 정렬해 있었다. 거기서 하나를 꺼내 건넸다.

"이게 뭐죠?"

"아까 내 아들놈이 강장제 사업한다고 했잖아. 이게 내 아들놈이 만든 건데. 한번 먹어 보고 소감을 좀 말해 줄 수 있나 해서. 내 아들놈이 그랬어. 아버지 된 사람이 아들 사업하는 것 정도는 도와줄 수 있는 거 아니냐고. 그래서 내가 지금 이러고 있지."

길태는 가만히 쳐다보기만 했다.

가만히 쳐다보기는 택시 기사도 마찬가지였다. "젊은 양반. 그냥 먹기 싫으면 먹기 싫다고 해. 괜찮으니까."

길태는 몽땅 벗고 씻은 뒤 침대에 녹아들고 싶었다. 하지만 택시 기사 덕분에 오래전 암으로 죽은 아버지가 생각이 났던 것이다. 그 이상한 의무감에 이끌릴 수밖에 없었다.

자리를 잡고 앉은 길태는 무릎 위에 가방을 올려놓고 병을 받았다.

여느 강장제처럼 그저 그런 크기에 그저 그런 갈색에 그저 그런 철제 뚜껑으로 잠긴 그런 병이었다. 그러나 그저 그렇지 않은 게 하나 있었고 그래서 길태는 망설일 수밖에 없었다.

택시 기사가 대답을 해 주었다. "병에 표 딱지 같

은 게 하나도 안 붙어 있어서 그러는 거지? 아들놈이 그러더라고. 임상 실험까지는 통과했는데 아직 시판 허가가 안 나서 병에다 상표를 붙일 수가 없대. 다들 그러더라고. 오늘도 하루 종일 한 사람도 안 먹었어. 내가 이해를 해야지, 어떻게 하겠어. 처음 보는 사람이 주는 건 조심해야지. 험한 세상이니까, 안 그래? 나 강요는 안 해."

길태는 조수석 앞에 붙은 택시 기사 면허증 속 얼굴과 운전석에 앉은 사람의 얼굴을 비교해 봤다. 사진의 얼굴이나 운전석의 얼굴이나 그게 그거였다. 그리고 길태가 말했다. "죄송합니다. 터미널에서 음료수를 좀 먹었더니 속이 더부룩하네요."

"오케이. 할 수 없지."

병을 돌려준 길태는 택시에서 내렸다.

8차선 도로를 무단횡단한 뒤 길태는 자기 앞에 우뚝 선 아파트 건물을 올려다봤다.

이 일대에서 평당 최고 가격인 아파트였다. 서울에 비한다면 별거 아니겠지만 말이다. 당연히 길태는 서울에서 평당 최고 가격인 아파트에서 지낼 수 있었다. 하지만 그렇다고 해서 꼭 서울에서 살아야 하는 건 아니었고, 무엇보다 서울은 시끄러웠다. 아침에도 그랬고 낮에도 그랬고 밤에도 그랬다. 새벽도 그랬고 꿈이라고 다를 건 없었다.

다시 걷기 시작한 길태는 그러다 무슨 소리가 들려 고개를 돌렸다. 도로 건너편에는 아직도 그 택시가 있었다.

택시 기사는 트렁크를 열어 놓은 채 뭔가를 찾고 있는 듯했다.

그것을 보며 길태는 이렇게 생각하기에 이른다. 택시 기사는 정말이지 부지런한 사람만이 할 수 있겠구나…….

하품이 나왔다. 하품을 가린 길태는 걸음을 마저 옮겼다.

그렇게 가로등 한 칸 정도를 걸어갔을 그때, 길태는 가로등에 비친 그림자로 누가 다가오는 것을 눈치챘다. 뒤를 봤더니 그 택시 기사였다. 택시 기사는 각목을 쥐고 있었다. 길태가 놀란 건 각목 때문이 아니라 택시 기사의 자세 때문이었다. 강속구를 때리기 직전이었다.

***

 길태는 거기까지 기억이 났다. 거기까지 기억이 나는 것 다음으로 지금 당장 떠오르는 건…….

 머리가 너무 아프다는 거?

 너무 아프면 아픈 곳을 문지르는 게 당연하지만 그럴 수가 없었다. 양손이 묶여 있었다. 양발도 묶여 있었다. 밧줄이었다. 누군가 길태를 묶어 앉혀 놓은 것이다. 또 저쪽이 소란스러웠다.

 길태는 저쪽인 그쪽을 보려고 했지만 너무 밝아서 볼 수가 없었다. 그래도 어떻게 자세히 보니, 그 밝은 빛은 택시에서 나오는 거였다. 전조등이 아니었다. 보닛 양쪽 가장자리에 손전등이 하나씩 놓여 있는 거였다.

 어느새 길태의 눈은 빛에 적응했고 그러자 택시 앞에 있는 두 사람이 보였다. 그 두 사람은 시간에 쫓기는 도굴꾼처럼 땅을 파고 있었다. 그중 하나가 택시 기사였다.

 이렇게 등장인물을 알았으니 장소를 알아야 했다. 어두워서 잘은 분간이 되지 않았지만 적어도 이곳이

산은 확실했다. 그것도 깊은 산속이었다. 저 사람들은 더 이상 차가 들어올 수 없을 때까지 여기 이곳으로 차를 몰고 온 것이었다. 삼면이 나무로 우거져 있고 유일하게 뚫린 길을 택시가 막고 있는 형국.

길태는 어떻게든 자리에서 일어나려 움직여 봤지만, 옆으로 쓰러져야 했다. 그러자 머리가 다시 아파왔다.

"어, 저 새끼?" 젊은 남자가 말했다. 젊은 남자는 야구 모자를 쓰고 있었다.

"뭐야? 왜 그러는데?" 이번엔 택시 기사가 말했다. 숨을 헐떡이고 있었다. "저 새끼 깼냐?"

택시 기사는 바닥에 삽을 꽂더니 민소매 러닝셔츠로 얼굴을 닦았다. 콜레스테롤을 임신한 배가 세상에 드러나는 순간이었고, 길태는 똑바로 쳐다볼 수밖에 없었다. 택시 기사의 배가 아니라 두 사람이 파놓은 깊이를 말이다. 이제까지 두 사람은 허리가 잠길 정도로 땅을 파고 있었다.

"그런데 형. 저 새끼 웃고 있는데?" 젊은 남자가 말했다. "저 새끼가 미쳤나. 지금 웃을 상황이 아닌데 웃고 지랄이네." 젊은 남자는 구덩이 밖으로 삽을 던지더니 담을 넘듯 땅 위로 올라와 손을 털었다.

택시 기사가 소리쳤다. "지금 뭐 하냐, 땅 안 파고."

"왜? 어차피 여기까지 팠으니까 그만 파도 되는 거 잖아. 또 저 새끼한테 물어볼 것도 있고." 모자도 벗고 티셔츠까지 벗어 버린 젊은 남자는 그것들을 보닛 위에 올려 둔 뒤 조수석에서 뭔가를 꺼냈다.

길태의 가방이었다.

모자챙을 거꾸로 돌려 쓴 젊은 남자는 손전등을 들어 길태를 비추었다. 길태가 고개를 돌리자 젊은 남자가 말했다. "야, 이 가방 어떻게 여냐?"

길태는 아무 말도 하지 않았다.

"이 새끼야. 이 가방 어떻게 여냐고. 말을 좀 해라. 꼼지락거리지 말고."

"야." 택시 기사가 말했다. "네가 그렇게 눈을 지지니까 그렇지. 어차피 달도 밝으니까 불 꺼라."

"불은 왜 꺼?"

"누가 볼 수도 있으니까."

"이 시간에 여기까지 올라오는 사람이 누가 있다고. 그리고 이걸 끄면 우리도 안 보이잖아."

"달 밝으니까 충분히 보여. 그러니까 꺼라."

젊은 남자는 자기가 들고 있던 것과 보닛에 있는 것까지 해서 손전등을 모두 껐다. 세상이 어두워졌고 때문에 택시 기사는 구덩이에서 올라오려다 실패한 나머지 멍청한 그림자 쇼를 저지르고야 만다. 이어지는 젊은 남자의 웃음.

택시 기사가 화를 냈다. "좀 도와줘라."

젊은 남자도 화를 냈다. "보는 사람이 어쩌고저쩌고할 땐 언제고 이제는 자기가 그렇게 소릴 질러? 그렇게 소리 지르면 사람들이 다 들을 건데?"

"알았으니까. 좀 도와줘라."

젊은 남자가 택시 기사의 팔을 잡아 주는 한편, 옆으로 엎어진 채 모든 것을 지켜보고 있던 길태는 실감하고 있었다. 달빛이 밝으니 불을 끄라던 택시 기사의 그 말을 말이다. 젊은 남자의 양쪽 젖꼭지에서 대롱거리는 고리와 민소매 러닝 밖으로 비집고 나온 택시 기사의 참외 배꼽이 아주 잘 보였다.

"그런데 이 새끼 진짜 아까부터 계속 꼼지락거리네?" 이렇게 말한 젊은 남자가 배를 걷어차는 바람에 한참이 지나고 나서야…….

길태는 막혔던 숨을 뚫을 수 있었다.

"어쭈, 째려봐?" 젊은 남자가 다시 걷어차려고 했지만, 택시 기사가 손으로 막으며 말했다. "야, 그만해."

이런 와중에도 길태는 깨달은 게 있었다. 가격만큼이나 묵직한 자신의 손목시계를 젊은 남자가 찼다는 것을.

"어이, 젊은 부자." 택시 기사가 말했다. "미안하지만 우리가 돈이 필요해. 이 가방에 좋은 거 들어 있잖아. 맞지?"

길태는 조용히 웃었다.

"이 새끼가 보자 보자 하니까." 젊은 남자가 발길질을 준비하자 택시 기사가 말했다. "야, 이놈 일으켜 세워라."

땀 냄새가 지독한 젊은 남자는 길태가 나무에 기댈 수 있도록 앉혔고, 택시 기사는 주머니에서 담배를 꺼내 보였다. "하나 피울래?"

"저 담배 안 피웁니다."

"왜."

"건강에 안 좋잖아요."

잠깐 정적이 흐르는 듯싶더니, 두 사람은 웃음을 터뜨렸다.

택시 기사가 쪼그려 앉았다. 길태 입에 담배를 꽂아 주었다. 불도 붙여 주었다. "지금이라도 피우는 게 좋을 거다."

길태가 담배를 뱉었고, 손을 덴 택시 기사는 길태의 머리를 때리기 시작했다. 택시 기사의 축 처진 가슴살이 다섯 번 출렁인 뒤에는 젊은 남자가 배를 걷어찼다.

길태는 고통 속을 헤매야 했다.

택시 기사가 말했다. "그냥 말할게. 우리가 너 죽일 거야. 산 채로 묻히고 싶으면 가방 비밀번호 말해라. 안 그러면 네 머리 어깨 발 무릎 발을 전국 팔도로 흩어 준다."

"아저씨." 길태가 간신히 말했다. "물어볼 게 하나 있거든요?"

"야, 다시 일으켜 세워."

젊은 남자가 길태를 앉혔다.

"그래. 뭐가 궁금한데?"

"아저씨 옆에 냄새나는 사람. 아저씨 아들 아니죠?"

두 사람은 서로를 쳐다보며 웃었다. 두 사람의 허연 이가 달빛에 번뜩였다.

"아나, 이 새끼 앙증맞네?" 택시 기사가 말했다. "너 이제 죽을 판인데 고작 한다는 말이 그거냐?"

"아까 택시에서요."

"택시에서 뭐."

"아저씨가 그랬잖아요. 아저씨 아들이 강장제 사업한다고."

"그게 그렇게 궁금하냐?"

"아저씨 옆에 있는 사람 아저씨 아들 아니죠?"

"얘가 왜 내 아들이냐? 얀마, 그건 다 거짓말이지. 이런 짓 하는데 뭘 못 하겠냐?"

젊은 남자가 말했다. "그냥 가방 어떻게 여는지나 말해. 어차피 너 죽을 거니까 좋게 끝내자. 비밀번호가 뭐야?"

"그거 열쇠로 여는 건데."

"열쇠?" 젊은 남자가 건빵 주머니 속에서 열쇠 꾸러미를 꺼냈다. "이거냐?"

"맞아요, 그거. 그중에서 딱 봐도 특이한 열쇠가 있죠? 그걸 그냥 열쇠 구멍에 넣고 돌리면 돼요."

택시 기사가 젊은 남자의 머리를 후려갈겼다. 그러자 젊은 남자가 쓴 모자가 어디론가 날아갔다.

"뭐야? 왜 때려? 왜 때리는데?"

"눈깔 멀었냐? 열쇠 구멍이 있는데도 몰라?"

"이거 봐. 지금 이 가방에 번호 돌리는 게 있으니까 그렇지."

"그거요?" 길태는 꼼지락거리고 있었다. "잘 보면 그건 속임수고 열쇠로만 열려요."

"봐. 내 말이 맞잖아. 누가 봐도 비밀번호라고 생각할걸?" 이렇게 말한 젊은 남자는 바닥에 쪼그려 앉았는데 그걸 보더니 택시 기사가 화를 냈다. "가방 안 열고 뭐 하냐, 새끼야."

젊은 남자도 화를 냈다. "씨발, 당신이 머리를 때려서 그래서 열쇠가 어디로 날아가서 내가 이러는 거잖아."

"열쇠 그거." 길태가 말했다. "저 뒤쪽으로 날아가던데. 가서 한번 찾아봐요."

젊은 남자가 움직이자 한숨을 쉰 택시 기사는 길태에게 말했다. "아무튼 미안하다. 우리 얼굴을 봤으니까 널 살려 보낼 수는 없는 거잖아. 이해하지?"

"에이, 거짓말. 내가 아저씨들 얼굴을 안 봤어도 절 죽였을 거잖아요. 내 말이 맞죠?"

택시 기사는 놀라고 있었다. "참나. 이렇게 겁 없는 놈은 처음이네?"

어느새 저 멀리까지 가 버린 젊은 남자였다. "형. 찾았어. 열쇠 찾았어."

"그럼, 열어라."

젊은 남자는 잘 안되는지 가방에 열쇠 찌르기를 반복했고, 길태는 꼼지락거렸다.

택시 기사가 말했다. "그런데 너 진짜 왜 그러냐, 아까부터? 왜 그렇게 꼼지락거려?"

택시 기사는 길태의 어깨를 붙잡아 등 뒤를 들여다보려고 했다. 바로 그때 젊은 남자가 말했다. "저기 형, 이상한데? 이거 총이야, 총."

택시 기사가 짜증을 냈다. "뭔 개소리냐? 총이라니, 무슨 총?"

젊은 남자는 가방에서 꺼낸 것을 들어 보였다. "이거 봐. 이 새끼 가방 속에 총이 들어 있어."

길태가 오른쪽 다리에서 뭔가를 뽑았다. 그것 역시 총이었다. 방아쇠를 연달아 누르자 택시 기사의 놀란 얼굴이 화염으로 두 번 번뜩였다. 눈을 동그랗게 뜬 젊은 남자가 가방 위로 쓰러졌고, 다음으로 길태는 택시 기사의 무릎을 쐈다.

택시 기사가 비명을 질러 대는 사이, 다른 손으로 쥔 접이식 대검으로 다리에 묶인 밧줄까지 다 끊은 길태는 자리에 서서 목을 한 바퀴 돌려 봤다. 계속 비명을 질러 대는 택시 기사를 지나치며 길태는 젊은 남자가 있는 곳으로 갔다.

젊은 남자는 갖은 힘을 다해 꿈틀거리고 있었다. 쪼그려 앉은 길태가 뒤통수에 대검을 밀어 넣자 젊은 남자는 축 늘어져 버렸다. 그렇게 젊은 남자의 손에서 시계를 끌렀다. 그걸 허벅지에 문지른 뒤 시간을 봤더니 야광 처리가 된 시침과 분침이 3시 45분을 가리키고 있었다. 그런데 이제 보니 수갑은 아직도 손목에 채워져 있었다. 누군가 사슬만 끊은 것이었다.

이놈들이 급하긴 급했구나, 생각을 하자니 웃음이 나왔다. 그리고 택시 기사가 말했다. "너 펀드 매니저 아니지?"

길태는 시계를 주머니 속에 넣고 택시 기사를 쳐다봤다. 쓰러진 택시 기사가 무릎을 쥐고 있는 게 잘 보였다. 달빛 때문에 말이다.

길태는 택시 기사가 있는 곳으로 갔다. 가면서 윗옷을 벗어 던졌고 넥타이를 풀어 던졌다. 마지막으로 택시 기사의 나머지 무릎을 쐈다.

택시 기사는 끔찍한 소리를 내지르며 이리저리 굴렀고, 길태는 권총의 회전식 약실을 넣었다 뺐다, 넣었다 뺐다, 그걸 반복했는데 택시 기사가 조용해질 그때까지 그럴 작정이었다.

길태가 들고 있는 총은 대한민국 경찰이 휴대 중인 38구경으로 일할 때마다 이 총을 정강이 윗부분에 차고 다녔다. 비상용이었다. 자기 자신을 최고라 자부하는 길태는 은퇴할 때까지 이걸 쓸 일이 없을 거라 생각하기도 했다. 오히려 일하는 내내 정강이를 바싹 죄는 묵직함이 거슬리기만 했다. 집에 두고 다닐까 그런 고민을 수도 없이 했다. 그러나 오늘에서야 그 교훈을 깨달았다.

일어날 일은 일어난다.

그랬다. 길태는 프로였다. 프로 중에서도 일류였다. 하지만 오늘 또 배운 것이다.

이제야 좀 조용해진 택시 기사가 어딘지도 모를 곳으로 기어가고 있었다. 그걸 지켜보면서 길태는 약실을 결합했다.

택시 기사 앞으로 간 길태는 다리를 굽히고 앉아 봤다. 땀과 흙으로 범벅이 된 택시 기사의 얼굴은 이미 죽은 사람이었다. 길태는 잘 알고 있었다. 과다 출혈이 이렇게 무섭다는 것을.

"너 펀드 매니저 아니잖아." 택시 기사가 말했다. "그렇지?"

"그게 그렇게 궁금해요?" 길태는 미소를 지어 주었다. "나 펀드 매니저 아닌데? 그거 다 거짓말이에요. 이런 짓 하는데 뭘 못 하겠어요?"

택시 기사는 길태를 바라보고 있었고, 길태는 택시 기사의 이마에 총을 갖다 댔다.

잠시 후, 총소리가 울려 퍼졌다.

―――――――――

 그때 다른 동네에서 지인들과 술을 마시고 헤어지게 된 겁니다. 그 다른 동네가 택시를 타기에는 아깝고 걷기에는 먼 거리였는데요. 새벽이었고, 지금처럼 그때도 가난해서 혼자 걷기로 했죠. 새벽 거리를 걷다 보면 알겠지만, 택시를 심심찮게 볼 수 있잖아요. 그리고 그날은 하필 택시 강도가 생각이 나더라고요. 이 단편은 그렇게 시작됐습니다. 그날 제가 막차는 못 탔지만, 그래도 뭐, 글은 남겼으니 된 거겠죠.

네 번째 이야기

[쓰키다시]

 사실 알반데 지각도 안 하고 일도 잘하고 해서 내가 동생을 좋아하기는 하지만, 우리가 이렇게 둘이서만 술 마실 정도로 친한 사이는 아니잖아. 그렇지?

 그래. 내 말이 그 말이야. 솔직하게 말할까? 만약에 내가 소설을 썼던 적이 없었다, 그러면? 지금처럼 동생이랑 술을 마신다고 안 했을 거다.

 당연하지, 그럼. 내가 얼마나 낯을 가리는 사람인데. 동생도 소설을 쓴다고 하니까, 내 옛날 생각도 나고 또 동생이 측은하기도 하고. 그런 거 때문에 이렇게 술을 같이 마시고 있는 거야. 한잔할까?

 내가 받았으니까 너도 받아야지. 그렇지. 오케이.

 참 보면, 동생이 대단해. 그렇잖아. 동생이 다짜고

짜 와서는 나한테 술을 다 사 준다고 하니까. 윗사람인 내가 아랫사람인 동생한테 술 사 준다고 말하기는 쉬워도 그 반대는 어려운 거야. 그나저나 내가 소설을 썼다는 얘기는 누구한테 들었어.

참나. 최 반장님 그 양반은 다 좋은데 너무 많은 걸 알고 또 말하고 다녀. 아마 우리 공장 사람들 집집마다 속옷 몇 벌 있는지 그것도 다 알고 있을 거다. 어쨌든 우리 저녁은 먹었으니까, 안주 이거 하나만 시켜 놓고 계속 술만 마시는 걸로 하자?

오케이. 자, 아무튼 동생이 소설가를 준비한다니까 잘 알 거야. 그런 거 있잖아. 소설을 쓰려면 아무한테도 방해받지 않는 공간이 필요한 거. 소설 쓰는 사람이면 그런 생각 당연히 한다고. 세상하고 완전히 단절된 채로 쓰고 싶은 글만 쓰면서 2시간이고 4시간이고 8시간이고 앉아 있다 보면 어느새 책 한 권 쓰는 거 일도 아니지. 그런데 이건 알고 있나 모르겠네. 그렇게 세상하고 단절될 수 있는 공간이 있어도 무조건 책을 술술 쓸 수 있는 건 아니거든. 어디까지나 가능성이 높아지기만 하는 거야. 그런 것보다는 마음가짐이 중요하다고 해야 하나?

뭐?

그래. 그 각오라는 말도 괜찮네. 보니까 동생은 내가 무슨 말을 하려고 하는지 잘 아는 거 같은데. 역시 우리는 통하는 게 있구나. 사실 소설을 쓰려면 공간도 공간이지만 그 각오가 중요하거든. 이미 포기한 내가 지금 지망생 앞에서 주름을 잡아 버리는 거 같지만, 나도 소설을 써 보면서 그냥 느꼈던 걸 말하고 있는 거니까 너무 진지하게는 받아들이지 마.

아, 그래? 그렇게 말해 주면 나야 고맙고. 어쨌든 이제 나도 딱 소설을 쓰자고 마음을 먹었을 땐 각오가 중요한 걸 깨닫지는 못했지. 세상하고 단절되고 고립된 공간을 어떻게 만들 수 있을까 그 생각만 했거든. 그러니까 아빠한테 2억을 달라고 했던 거고.

진짜야. 2억 달라고 했어. 대신에 그거 받고 더 이상 손 안 벌리겠다고 조건을 걸었지. 대충 혼자 살 수 있는 집을 구해서, 몇 년 정도 글만 쓰면서 버티다 보면 그놈의 소설로 자립할 수 있겠지, 생각했거든. 그런 거라면 2억이면 충분한 돈이지. 안 그래?

그렇지. 그런데 아빠한테 통할 것 같진 않았어. 아빠가 쏙 막힌 사람이거든. 자기 생각대로 세상이 돌아가야지 직성이 풀리는 사람이야. 내 나이가 40 중반인데, 아직도 아버지라고 부르기 싫은 이유가 괜히 있는 게 아니야. 그런데 통했어. 지금 생각해도 웃긴데, 어디 2박 3일 여행 갈 돈 달라는 말 들은 것처럼 그냥 돈을 주겠다고 하는 거야. 그때는 아빠가 나한테 지금 이 공장에서 일 좀 하라고 하라고 하는걸, 내가 계속 싫다고 싫다고 하니까 날 호적에서 파네 마네 서로가 그렇게 싸운 지 얼마 안 된 때라서 아빠가 홧김에 그랬던 거였는데, 누가 사업하는 사람 아니랄까 봐, 2억이 아니라 1억만 주겠다는 거야.

  그래. 그랬다니까. 참 대단하지 않냐? 그런데 그땐 나도 아빠한테 화가 나 있는 상태였으니까 에라 모르겠다, 그냥 그거라도 달라고 했지. 나중에 엄마가 아빠 모르게 1억을 챙겨 줘서 결국 2억으로 집을 나오긴 했지만.

  맞아. 결국 2억이지. 이야, 진짜 세상 다 가진 기분이더라. 미국에 스티븐 머시기가 있다면 한국엔 내가 있다, 그러니 조금만 기다려라, 막 그런 생각도 했어.

  당연히 알지. 소설 쓰는 사람 중에 스티븐 머시기 걔 모르는 사람도 있나. 어린 동생도 아는데 이 나이

네 번째 이야기 [쓰키다시]

먹은 내가 모르겠어? 문제는 그게 아니야. 5년이 지났는데도, 잠깐만, 그런데 술 더 없냐? 벌써 4병을 다 마신 거야, 우리? 안주 나온 지 얼마 되지도 않았는데, 어떻게 안주는 하나도 안 먹고 술만 다 마셨냐. 이야, 오늘 술 잘 들어가네.

저기, 사장님? 맥주 2병만 주세요. 그리고 땅콩이랑, 이거 뭐냐, 강냉이도 주시고요.

자, 이제 그러니까……. 야, 그런데. 아까 내가 어디까지 얘기했냐?

아, 그랬지. 그래서 그 2억 받고 5년이 지났는데 그 5년 동안 내가 이루어 놓은 게 아무것도 없는 거야. 계속 출판사에 거절이나 당했지. 그 5년이 지날 때까지도 나는 어떤 생각을 하고 있었냐면, 세상이 내 실력을 알아주지 않는다, 세상이 내 실력을 볼 줄 모른다, 그렇게 생각했어. 아마도? 친구 개가 아니었으면 난 계속 세월만 보내고 있었을 거다. 야, 술 왔다.

땅콩이랑 강냉이는 여기다 두시고요. 그리고 빈 그릇은, 네, 감사합니다.

아니, 저기 동생, 됐어. 이제부턴 따라 주지 말자. 그냥 각자 1병씩 잡고 자기가 먹고 싶을 때마다 자기가 따라서 마시는 걸로 하자, 우리. 서양 스타일로.

그래, 인마. 서양 스타일.

뭐? 누구?

아, 걔? 걔는 나 고등학교 때부터 친구. 고등학교 때 친구 되고 나서 지금까지 친구야. 고등학교 졸업하고 사관학교 들어갔는데.

그래. 육군 사관학교.

맞아. 공부 잘했어. 걔가 머리가 똑똑한 놈이거든. 그러니까 지금도 잘살고 있지. 걘 진짜 대단한 놈이야. 나보다 훨씬 나은 놈이야. 뭐, 하던 얘기를 계속하자면, 이제 내가 그 5년 동안 아무것도 한 것 없이 그러고 있을 때 딱, 그 친구가 내가 사는 집에 온 거야. 그때 그 친구가 대위를 단 뒤로 처음 나온 휴가였거든. 부대에서 나오자마자 곧바로 나를 찾아온 건데, 그런데 그놈이 육군 정복을 입고 온 거야.

그렇다니까. 구두까지 해서 빼입고 왔어. 나도 군대 가서 안다고. 원래 간부들은 휴가 나와서 정복을 안 입고 다녀도 돼. 솔직히 휴가 때 그걸 왜 입고 돌아다녀. 결국 자기 잘난 꼴을 나한테 보여 주고 싶어서 일부러 입고 온 거지, 뭐. 그리고 역시나였어. 이제 내 집에서 같이 술 마시고 있는데 나한테 대뜸 정신 차리라고 해. 걔가 원래 평소에 말이 없거든. 필요한 말만 하는 스타일인데. 그 친구한테 정신 차리라고 말 듣자마자 술이야 나도 들어갔으니까, 나도 가만히 안 있었지. 새끼야. 너 다이아 3개 달더니 변했다, 대위 나부랭이 주제에 뭔 말이 많냐, 나중엔 욕도 해 버렸어. 지금이야 나도, 지금 동생처럼 웃으면서 얘기하지만, 그땐 분위기 살벌했다. 그런데 걔가 간부 정복을 입고 온 이유가 있기는 있더라. 계속 싸우면 싸울수록 간부 정복이 무슨 명품처럼 막 폼이 나 보이는 거야. 계급장이 또 다이아몬드잖아. 그땐 계급장이 무슨 진짜 다이아몬드같이 왜 이렇게 번쩍여, 이야……. 시간이 지나니까 나도 모르게 기가 죽더라. 또 걔 말이 틀린 것도 아니고. 생각해 보면 진짜 한심했던 시절이지.

왜라니? 아까 내가 말했잖아. 세상하고 단절된 공간이 필요해서 부모님한테 2억 받았다고. 그 돈을 어떻게 썼냐면 방음한다고 이것도 사고 저것도 사고 여하튼 뭘 많이도 샀어. 글 쓰려면 도구가 좋아야 하니까 전자 기기네 가구네 죄다 비싼 것으로 샀어. 그랬는데도 옆집에 사는 사람하고는 담배 피우지 말라고 싸우고, 윗집에 사는 사람하고는 쿵쾅쿵쾅 시끄럽다고 싸우고, 또 집주인이랑은 껀덕지 아무거나 하나 잡아서 싸우고. 여하튼 죄다 마음에 안 들어서 싸우기도 많이 싸웠지. 그러다 보니 집도 몇 번이나 옮겼어. 집을 옮기면 옮길수록 집은 좁아졌고.

왜 집이 좁아졌냐고? 여자 때문에. 옛날 생각하니까 술이 막 들어간다, 야, 아이고. 희한한 게 뭐냐면, 소설 쓰고 있는 사람입니다, 이런 말을 하잖아? 그럼, 여자들은 처음 보는 남잔데도 긴장을 풀어 버린다? 몇 번 그런 일을 겪다 보니까 이젠 나도 모르게 여자들의 그 풀린 틈을 파고들고 있는 거야. 지금은 안 통하겠지만 나 때만 해도 그런 게 통했어. 내 집 머물다가 간 여자도 여럿이야. 그 여자들이랑 가고 싶은 곳도 다 가고 먹고 싶은 것도 다 먹고 선물도 참 많이 줬지.

그래, 맞아. 동생 말처럼 그렇게 5년을 살면 2억 순식간에 거덜이 나지. 그런데 그때 내가 무작정 글만 쓴 건 아니었거든. 나도 나름 공사판 그런 데를 짬을 내서 많이 다녔어.

실속이 있다고? 뭐가 실속이 있냐? 여자 만나는 데 쓰는 돈 벌려고 그랬던 건데. 생각해 봐. 차라리 공사판 전전할 그 시간에 글을 한 장이라도 더 썼어 봐. 진작 베스트셀러 작가가 됐을 거다. 너 그거 알아야 한다. 젊을 때 할 거 다 하면 나중에 나이 먹고 다 못 해. 결국 나란 놈은? 하고 싶은 거 다 하면서 정작 해야 할 건 하나도 안 한 주제에, 군 생활 착실하게 해서 대위 달고 온 친구가 쓴소리 좀 했다고 허세를 부렸던 거지, 뭐.

왜? 인정할 건 인정해야지. 안 그래? 그나저나 동생도 술 잘 마시네. 평소에도 이렇게 술을 잘 마셔?

그래? 원래는 별로 안 마시는구나. 그게 맞아. 나도 술 좀 마셔 본 사람이지만 술은 적당히 마시는 게 좋은 거야. 아예 안 먹을 수는 없으니까 적당히 마시는 방법 말고는 없는 거잖아. 진짜, 진짜로, 적당히 마시는 게 좋은 거야. 자, 그리고……. 그런데 동생. 내가 어디까지 얘기했지?

아, 그러니까 이제. 그때 그 친구가 마지막에 그러더라. 그냥 접으라고. 소설이네 예술이네 그냥 접고 아빠 공장이나 들어가라고. 그래서 난 죽어도 아빠

공장은 안 들어갈 거라고 버텼지. 그랬더니 그 친구가 이러는 거야. 아니면 차라리 집값 싼 지방으로 내려가서 조용히 소설만 쓰라고. 그리고 바로 그 마지막 말 듣는 순간 뭔가를 느꼈다고나 할까? 아니면 결국엔 내가 그 친구한테 설득을 당했다고나 할까? 그렇게 해서 내려간 곳이 전주야.

왜 전주냐고? 그 친구가 말했던 집값 싼 지방 중에서 알고 있는 곳이 전주 말고는 없었어. 엄마 고향이 전주라서 어렸을 때부터 엄마랑 같이 전주에 자주 갔었거든. 그때가 2004년도였을 거다. 아직도 기억이 나는 집값이 있는데, 강남 역삼동에 있는 원룸 아파트. 18평이 보증금 3천에 월세가 60이었을 거야.

그렇지. 지금 기준으로 봐도 싼 가격은 아니지. 그래도 강남역이랑 양재역을 걸어서 다닐 수 있어서 집주인이 돈을 더 달라고 해도 실제로 더 줄 사람이 많았을걸? 반면에 전주 거긴 진짜 집값이 싸긴 싸더라. 그러면 대체 어디까지 싼 집이 있을까 궁금해서 그때 내가 처음에 갔던 부동산 사무실 그 사장님이랑 같이 파일철을 전부 뒤져 봤어. 그때 충격을 받았던 집이 있었는데, 얼마였냐면 28평인데 보증금이

150에 월세가 10이야.

너처럼 나도 이게 뭔가 했지. 혹시 잘못 적힌 거냐고 사장님한테 물어봤을 정도라니까. 그 동네가 한적한 시골도 아니야. 주변에 아파트도 있고 가게도 있고 초등학교고 뭐고 다 있어.

그렇지. 내가 책으로 쓴 게 바로 그 집이야. 그때 부동산 사장님이 그래. 그 집에 음기, 그게 강한 거 같다고.

그래, 음기. 그 집에 살면 막 꿈자리가 이상하고 가위도 눌리고 그래서 못 버티고 뛰쳐나간 게 지금까지 몇 명인지도 모르겠네, 무당을 불러서 굿도 했는데도 안 되네, 뭐네, 막 이런 말들을 늘어놓는 거야, 사장님이. 그럼, 그게 무슨 말이겠어, 동생.

모르겠다니. 거기가 흉가라는 거잖아. 결국 그래서……. 그것보다 맥주 더 시켜야겠다.

사장님? 여기 맥주 2병만 주세요.

그나저나 너 치킨은 별로야? 하나도 안 먹고 있잖아. 다른 안주 시킬까?

먹고 있다고? 전혀 안 먹고 있는데?

오게이. 알았어. 천천히 먹자, 우리.

네, 사장님. 여기다 놔 주시고요, 그리고 빈 병 좀 치워, 네, 감사합니다. 감사합니다, 사장님.

자, 마셔 볼까? 그런데 내가 거기까지 얘기했던가? 부동산 사무실에 가서 싼 집을 봤는데 그게 흉가였다, 꿈자리 이상하고 가위도 눌리는 이상한 집.

오케이. 아무튼 웃긴 건. 정작 사장님은 거기가 흉가가 아니래.

그렇지? 너도 웃기지? 아니, 세상에. 이상한 현상에 시달려서 사람들이 못 버티고 나가는 집이 흉가가 아니면 뭐냐고, 참나. 그 사무실에서 그 집까지 보고서 이제, 며칠 동안 다른 여기저기 사무실도 돌아다녀 봤는데.

뭐?

아, 그때? 그때는 이제, 전주에다 모텔방을 잡아 놓았거든, 내가. 그렇게 모텔에서 며칠 지내면서 부동산 사무실들을 죄다 돌아다녀 본 거야.

괜찮은 집? 괜찮은 집이라……. 꽤나 있었지. 그런데 웃긴 건 뭔지 아냐? 괜찮은 집들이 그렇게 있었는데도 계속 그 집이 생각나는 거야. 다시 그 사무실 찾아가서 말했지. 안 되겠다고, 사장님. 그때 얘기했던 그 이상한 집에서 살아야겠다고. 사장님이 그때 종이컵에 타 먹는 믹스커피를 마시고 있었는데. 내 말 듣자마자 커피를 뿜는 거야. 그 놀란 표정이 지금도 생생하다, 야. 아이고.

 돈이라……. 동생 말처럼 돈이 부족해서 그 집에서 살려고 했던 건 아니야. 물론 그때 내가 가진 돈을 많이 까먹은 건 맞지만, 그래도 몇천 정도는 가지고 있었어. 그것 가지고도 전주에선 넉넉하게 살 순 있었지. 그러니까 내가 그 집을 택한 이유는, 그런 집에 살면 뭐랄까, 모르긴 몰라도 재밌는 책 한 권 쓸 수 있을 것 같은, 그런 느낌을 받은 거지. 너 소설가 준비하고 있다니까 이게 무슨 말인지 알 거잖아.

 그래. 바로 그런 느낌이 들어서 그 집을 선택한 거야. 그때 부동산 사장님이 정말 그 집에서 살 거냐고 계속 물어봤어. 나는 계속 그 집에서 지내야겠다고 말했고. 결국 사장님이, 그럼 집주인한테 연락할 테니까 앉아서 커피 한잔 마시고 있으라고 하더라. 그리고 그 한 잔 다 먹을 즈음엔가 왔어, 집주인 그 사람이. 안경을 쓰고 웃는 게 온화하게 생겼는데, 그렇게 웃으면서 왜 거기서 살고 싶은 거냐고 묻더라. 알고 보니까 그 사람이 그 집 말고도 다른 집을 2개나 더 가지고 있었는데 차라리 그 집 중에서 하나를 고르는 게 어떠냐고 나한테 제안을 했던 거야. 난 솔직하게 말했지. 전 소설 쓰는 사람입니다. 그래서 뭔가 색다른 경험을 하고 싶네요. 그랬더니 집주인 그 사람도 솔직하게 말한다면서 이렇게 말해. 아, 나야 물론, 아무라도 그 집에서 산다고 하면 마다할 이유가 없다고. 하지만 자기는 걱정이 된다는 거야. 내가 어떻게라도 될까 봐. 내가 그랬지. 상관없다, 상관없으니까, 거기서 살아야겠다. 집주인이 그래. 그렇다면 시험 삼아서 한 달만 지내는 게 어떠냐고. 그러면서 한 달 지내는 데 120만 원을 불러.

당연히 비싸지. 그래서 내가 고개를 갸우뚱했거든. 그랬더니 일단 집주인이 그 집을 한번 보고 얘기를 해 보재. 가서 보니까 겉은 평범한 2층집이었는데, 내놓은 건 2층이었어. 안으로 들어갔더니 뭔가 다르긴 다르더라. 2층 현관문에 커다란 부적도 붙어 있고 안을 들어갔더니 빨간색 파란색 노란색으로 이렇게 이렇게 막, 천들이 걸려 있고 새끼줄이 주렁주렁 걸려 있는 거야. 또 거실에는 그 제사상, 그것도 차려져 있고. 특히 거기서 대단했던 게 뭐냐면, 부적으로 도배를 해 놓았어. 말 그대로 벽이랑 천장에 벽지를 바른 것처럼 부적으로 싹 붙였다는 거야. 부적이 크기가 작잖아. 손바닥 크기밖에 안 되는 그걸 꼼꼼하게 빈틈없이 싹 발라 놓은 거야. 바닥까지 그랬어.

그래. 바닥까지 그랬다니까. 정말 대단한 거지. 그런데 내가 소름이 끼친다거나 하진 않았어. 나한테는, 나름 훌륭한 인테리어? 노란색 바탕에 빨간색 글씨로 이루어진, 그런 모자이크의 공간? 네가 이미 눈치는 챘겠지만 내가 원래 또라이거든.

참나. 네가 그렇게 웃으면 안 되지.

왜냐니? 나도 소설 써 봤고 너도 소설 쓰는 사람이지? 원래 소설 쓰는 사람이 다 또라이잖아. 너도 또라인데, 또라이가 같은 또라이를 보고 그렇게 웃으면 안 되는 거 아니냐? 우린 동족인데? 자, 한잔하자?

아무튼 아저씨가 집을 보여 주면서 여긴 어떻고 저긴 어떻고 가스는 잘 나오고 물도 잘 나오고 설명을 했지만, 솔직히 그런 건 상관은 없었어. 화장실에 거실에다 방까지 3갠데 값이 싸다는 게 중요한 거잖아. 난 아저씨한테 마음에 든다고 했지. 그리고 나서 왜 한 달 시험 삼아 지내는 데 120만 원인지 아저씨가 설명해 주는데. 한 달 방값이 30만 원이고 나머지가 제사상이나 부적 같은 걸 다시 꾸미는 비용이래. 나 한 달 지내는 거 때문에 2층에 있는 부적이네 제사상이네 그런 것들을 깨끗하게 치운 다음에, 내가 나가면 다시 또 부적이나 제사상을 차려야 된다는 건데, 그래서 내가 말했지. 아니, 그럼. 부적이네 뭐네 그냥, 하나도 치우지 않은 상태로 내가 여기서 한 달 지내면 되는 거 아니냐, 그냥 30만 원으로 끝낼 수 있는 거 아니냐. 그랬더니 이 집에 걸어 놓은 주문이 워낙 강해서 그 주문은 귀신이 아니라 살아 있는 사람도 어떻게 한다는 거야. 만약에 부적이나 제사상 같은 걸 깨끗이 안 치운 채로 내가 그 집에서 그냥 지내면? 내가 죽는대. 참나, 뭐 그딴 게 다 있냐고 막 따졌지. 그랬더니 그 아저씨는 끝까지 안 된대. 하지만? 해 볼 만했어.

왜냐고? 한 달 지내본 다음 내가 그 집이 마음에 들어서 정식으로 계약하면 그땐, 내가 먼저 줬던 그 120만 원을 그대로 보증금으로 포함을 시켜 준다는 거야. 생각해 봐. 아무 일도 없다면 말 그대로 거기서 쭉 살면 되는 거고. 도저히 견딜 수 없는 일이 생기면? 그깟 120만 원 아주 좋은 취재 비용으로 퉁치면 되는 거고. 바로 그날 변호사 사무실도 갔어. 계약서도 계약서지만 서약서가 있었거든.

그래, 서약서. 그땐 120만 원짜리 계약서보다 서약서가 더 중요했어. 아직도 그때 썼던 서약서에서 그 구절이 기억나는데, 이곳에 살면서 이상한 일을 겪어 피해를 당한 것에 그 어떠한 손해배상도 청구하지 않기로 서약함. 그리고 그 120만 원짜리 계약서 쓰면서 혹시 몰라서 정식 계약서도 보여 달라고 해서 봤거든. 보통 집 계약하면 1년이고 2년이고 무조건 거기서 살아야 하잖아. 그런데 정식 계약서에는 그런 게 없었어. 중간에 아무 때나 방을 빼도 좋다고 했거든. 대신? 나갈 땐 나가더라도 그달 말일까진 채워서 그달 월세는 내고 가라고는 했지.

그렇지. 파격적이지. 그만큼 집주인 쪽이 아쉬운 입장이었거든. 그 정도로 그 집이 안 나갔던 거야. 그런 상황이니까 서약서가 중요하지. 값도 안 나가는 집에 사람 들였다가 괜히 그 사람 잘못돼 버리면 주인 입장에선 그게 더 골치 아프니까. 안 그래도 변호사가 자꾸 그래. 서약서 여기다 서명하고 나서 나중에 다른 말 하지 말라고. 거기서 지냈던 사람 중에 진짜로 어떻게 돼서 나중에 다른 말을 했던 경우가 있었나 봐. 그래서 내가 이렇게 물어보기도 했어. 혹시 살다가 죽은 사람이 있냐고. 없대. 그 말 듣고 바로 120만 원짜리 계약서에 사인했지.

겁이 왜 나. 내가 네 나이였던 그땐 진짜 무서울 거 없었어. 내가 지낼 그 2층에서 부적들 싹 걷어 내는 데 이틀이 걸렸을 거야. 연락받고 집에 가니까 와, 굉장히 넓더라. 도배가 돼 있던 부적 그걸 한 꺼풀 벗겨 냈더니 집이 정말 훤해진 거야. 또 집주인이 내가 한 달 묵을 방에다가 벽지까지는 아니더라도 장판은 깔아 줬고 콘센트랑 조명은 시공해 줬어. 이불도 줬고. 밤에 쌀쌀하지 말라고 난로도 줬어. 그 정도면 한 달 지내는 데 문제 될 건 없었지.

짐이야 있었지. 대부분은 그 근처 돌아다니면서 샀는데, 갈아입을 옷이랑 속옷도 사고. 글을 쓰러 온 거니까 필기도구도 사고, 스탠드 조명, 조그만 밥상, 그리고 건조대. 빨래는 손으로 하고, 먹을 거랑 마실 건 밖에서 해결하면 되고. 집주인이 밤에 정 안 되면 보일러 틀어도 된다고 했고. 무슨 일 생기면 휴대전화로 하면 되고.

텔레비전? 그런 건 필요 없지. 내가 어차피 그건 안 보니까.

을씨년? 물론 그렇게 도배도 안 된 곳에서 밤을 보내는 게 좀 그렇긴 해도 난 지금도 그런 데서 아무렇지도 않게 자라고 하면 잘 수 있어. 난 그런 건 별로 신경 안 쓰거든. 바닥에 장판은 깔아 줬겠다, 이불도 있겠다, 난로도 있겠다, 보일러 틀어도 되지. 뭐가 문제야.

담력이라……. 솔직히 내가 담력 세다는 말을 종종 듣기는 들어. 그러고 보면 내가 보통 사람들보다 담력이 세긴 센가 보다. 어쨌든 얘기를 계속하자면, 계약서도 썼겠다, 서약서도 쓰고, 120만 원 입금도 했고, 짐 들고 들어가면 되는데. 그 집으로 들어가는 그날 집주인이 날 보러 왔어. 그러면서 무슨 말을 한 줄은 아냐? 귀신이 붙은 집에는 오히려 사람이 계속 살고 있어야 된대. 왜냐하면 사람이 살면 살수록 나쁜 기운이 사라진다는 거야. 백날 제사상 차리고 부적 붙여 봐야 사람 하나 들이는 게 훨씬 좋다는 건데.

그렇지. 말 잘했네. 안 그래도 그때 그 아저씨가 액땜이라고 했어. 그래서 내가 이렇게 따졌지. 아니, 제가 무슨 마루탑니까, 제가 제물이에요? 그랬더니 아저씨가 막 웃으면서 그런 뜻은 아니었다고 얼버무리더라고. 그러고 나서 또 한다는 소리가, 내가 기가 세대. 집 보러 온 사람 중에 집 보자마자 대부분이 도망가는데, 내가 덩치도 크고 눈빛도 그렇고 처음 봤을 때부터 내가 보통내기가 아니라고 자기는 알았다는 거야.

내 키? 키는 왜?

가만있어 보자. 저번에 병원에 갈 일이 있었는데 그때 쟀을 때 189 점 몇 나오던데.

뭐 이거 가지고 놀라고 그래? 이거 작아진 거야. 원래 사람이 나이가 들면 키가 줄거든. 나 군대 가서 쟀을 땐 191 될까 말까였어.

그렇겠지, 아마? 내 덩치가 지금 중학교 고등학교 다니는 애들 기준으로도 큰 건데, 그때 그 집주인 아저씨 기준으로는 어마어마하지. 그 아저씨 어렸을 땐 힘든 시절이라서 영양 상태가 안 좋아서 사람들이 크지가 않았으니까. 그래서 그때 그 아저씨가 내

덩치 보고 액땜이네 뭐네 그런 말을 했던 거겠지. 그래도 그렇지. 나한테 액땜이나 되라는 건, 아니잖아. 나처럼 기가 세면 귀신도 한풀 숙이고 들어간다는 둥 어떻게 잘하면 내 선에서 이 집의 나쁜 기운이 다 사라질 수 있다는 둥 뭐 그런 기대를 한다는 둥. 난 한마디 했지. 알았으니까요, 아저씨. 이제 들어가세요. 그랬더니, 그 아저씨 막 웃으면서 집에 가더라고.

 겁이라. 겁은 안 났어. 그렇잖아. 거기가 흉가인 건 처음부터 알고 있었으니까. 그걸 이미 알고 거기서 지내기로 한 거잖아. 그러니 액땜이네 뭐네 그딴 말 듣고도 겁은 안 나지.

 뭐? 그게 무슨 말이야?

 아, 왜 액땜이란 말 듣고 그 아저씨한테 따진 거냐고?

 무서워서라니? 그게 무서워서 그런 건가? 재수가 없으니까 그런 거지.

 당연히 차이가 있지. 무서운 거랑 재수가 없는 거랑 구별을 못 하는 거야, 동생은? 소설 쓰면서?

 뭐?

 아. 그러니까 동생 말은, 애초에 내가 겁이 나서 무서웠기 때문에 액땜 그 말을 듣고 호들갑을 떨었다?

내가 그랬다는 거야?

오케이. 알았어. 동생 말이 무슨 뜻인지를 알았고 또 나는 동생의 의견을 존중해. 오케이. 그런데 그건 나중에 얘기를 하는 게 좋을 거 같은데? 그때 내가 겁이 났냐 안 났냐, 그게 물론 중요하지만. 그것보다 더 중요한 게 있거든. 그렇게 그 집에서 지내기로 한 그 첫 번째 날에 무슨 일이 있었으니까.

그날 밤에 꿈을 꿨어. 그런데 무서운 꿈은 아니야. 그래서 더 이해가 안 되는데, 이게 무슨 말이냐. 꿈에 집주인이 나왔거든.

그래. 꿈에 그 집주인이 나오더라니까? 집주인이 나한테 달려들어서 막 목을 조른다거나 그러는 게 아니야. 차라리 그랬다면, 아, 이 집이 이상한 곳은 맞구나 그런 생각이라도 했겠지. 그게 아니고 그냥 멀찌감치 서서 나를 쳐다보기만 해. 그게 전부야.

진짜야. 진짜 그게 다였어. 굳이 이상한 점을 꼽자면 그 아저씨 입에 천이 감겨 있었어. 하얀색 천, 그걸 이렇게 뒤통수로 이렇게 이렇게 둘러서 입을 가리고 있더라고.

그렇지. 정말 뜬금없지. 그리고 날이 지날수록 그

꿈을 꾸는 횟수가 늘더라고. 거기다 똑같은 꿈을 계속 꾼 것도 아니야. 그래서 여기서부터 기이하다고 할 수 있는데, 꿈을 여러 개 꿨어. 집주인이 나를 그냥 쳐다보기만 하는 꿈 다음으로, 집주인이 현관을 열고 밖으로 나가는 꿈도 꿨는데, 그러더니 1층 문을 열어. 나야 뭐 꿈이니까 그 아저씨 따라서 1층으로 들어가지. 다른 것은 모르겠고. 1층 거실에 제사상이 있는데 내가 그 집 소개를 받고 처음 2층에서 봤던 거랑 똑같은 제사상이야. 또 그 제사상 뒤에는 그 통나무 있잖아. 동그란 통나무. 그게 세워져 있고 거기에 어떤 인형이 묶여 있어. 크기도 그렇고 사람을 대충 본뜬 인형이야. 특이한 게 뭐냐면, 그 인형 얼굴에서 유일하게 묘사가 된 부분이 입인데, 그렇게 입만 만들어 놓고는 바로 그 입안에 돌을 넣은 채로 천으로 빙빙 감아 놓았어. 그리고 집주인, 다른 건 안 해. 날 쳐다보면서 그 인형을 가리키고만 있어. 그때 집주인이 딱 내 바로 옆에 있었거든. 옆에 있으니까 그때 그 아저씨가 입에 두른 천이 제대로 보일 거 아니야. 보니까, 통나무에 묶여 있는 인형 입이나 그 아저씨 입이나 둘 다 입을 가리고 있는 천의 모양도 똑같고 그 천이 얼굴을 두르고 있는 형태도 똑같았어. 그리고 그것까지 확인하고 나서 꿈은 끝났고.

벌써 이상하다고? 이상한 건 지금부터야. 또 다른 꿈이 있는데. 그건 이제……. 집주인 아저씨가 이번엔 그 집 마당으로 막 걸어가. 그러고는 마당 구석으로 가는 거야. 마당 구석에는 뒤쪽으로 난 통로가 있고. 따라서 갔더니, 지하실로 내려가는 계단이 있네? 계단이 시작되는 거기엔 부적하고 방울이 묶인 새끼줄 하나가 쭉 쳐져 있는 거야. 그 아저씨, 그 새끼줄을, 그러니까 그런 거 있잖아. 그 새끼줄을 지나가고 싶은데 무슨 이유인지는 몰라도 그냥 붙잡고 쩔쩔매는 거.

그렇지. 방금 네가 말한 것처럼 어떤 이유인지는 몰라도 아무튼 자기는 그 새끼줄을 지나갈 수가 없는 상태인 거지. 어쨌든 그렇게 새끼줄을 붙잡은 채로 계단 아래쪽을 가리키기만 해. 그래서 내가 계단 그 아래를 이렇게 쭉 보니까 커다란 철문이 하나 있고 그 철문이 자물쇠랑 쇠사슬로 묶여 있고. 이걸로 꿈은 끝이야.

그렇지? 알다가도 모르겠지? 그때 그런 꿈을 꿨던

나는 오죽했겠냐? 나는 그 꿈이 도무지가 무섭지도 않고 이해도 안 되는 거야. 그래, 거기까진 그렇다 치자. 그런데 왜 자꾸 꿈에 배 나오고 머리 벗겨진 안경잡이 집주인 그 양반만 나오는지 그걸 모르겠더라니까? 안 그러냐? 차라리 홀딱 벗은 처녀 귀신이 나오면 모를까. 그렇잖아. 아니야? 지금이야 이렇게 웃으면서 얘기를 하지만 그땐 하도 어이가 없어서 꿈만 깨면 그냥 멍했지. 그리고 집주인 그 아저씨가 다시 집에 온 게, 아마 내가 그 집에서 지낸 지 일주일이 됐을 때? 내가 잘 지내고 있는지 확인하러 온 거였는데. 그때 난 당연히 꿈 얘기를 했지. 여기서 자면서 자꾸 이상한 꿈을 꾸기는 꿨다고. 그러면서 혹시 1층을 보여 줄 수 있냐고 물어보기도 했어. 그때 꿨던 꿈이 다 개꿈이지만, 적어도 그 꿈에서 봤던 그 통나무, 거기에 묶인 인형은 범상치가 않잖아.

네 말처럼, 나도 그 아저씨가 1층을 안 보여 줄 거라고 생각했지. 아니야. 오히려 이렇게 말해. 젊은 친구도 혹시 꿈에서 그 인형을 봤어?

당연히 들어갔지. 집주인이랑 같이 1층으로 딱 들어갔는데, 그것보다 술 더 시켜야겠다. 오늘 술 맛있는데?

저기, 사장님. 여기 맥주 3병만 더 주세요.

뭐? 6병을 시키자고? 왜?

맥이 끊겨? 무슨 맥이 끊겨? 맥 끊길 게 뭐 있다고? 알았어. 오케이.

저기, 사장님. 그냥 6병 주세요.

야. 그런데 이렇게 시켰는데 6병도 금방 마셔 버리는 거 아니냐?

또 시키면 된다고? 보니까 이놈이 술꾼이네. 그래도 말아 마시진 않아서 다행이다.

그래, 소맥. 너 소맥은 마시지 마. 내가 이제까지 술 마시면서 느낀 건데 술을 말아 마시면 몸만 상하는 거 같더라.

아이고, 감사합니다, 사장님. 네, 여기다 두시면 될 거 같네요. 네, 네. 감사합니다, 네.

이야, 많이 시키긴 많이 시켰네. 자리가 없다, 야. 아무튼, 내가 집주인이랑 1층 들어갔다는 얘기를 할 차례던가?

어쨌든 1층을 열고 들어갔어. 그랬더니 2층이 그랬던 것처럼 1층도 그래. 색깔이 있는 천도 그렇고 새끼줄도 그렇고 제사상도 그렇고 바닥이고 천장이고 부적으로 도배가 돼 있는 것까지 다 똑같아.

인형은 진짜 있었어. 꿈에서 봤던 것처럼. 제사상 뒤에 통나무 거기에 그 인형이 딱 묶여 있는 거야. 입에다 돌 채우고 천으로 가린 것도 완전 똑같았어.

그렇지. 네 말이 맞아. 네 말처럼 그 인형은 1층에만 있었어. 분명 2층에 처음 들어갔을 땐 그런 인형 같은 건 없었거든?

내가 안 물어봤겠어? 당연히 물어봤지. 그랬더니 집주인이 이렇게 말해. 자기도 모른다. 그냥 무당이 이렇게 하라고 해서 한 거다. 무당이 보통 무당이 아니다. 아주 비싼 무당이다. 비싼 무당이 아무 생각 없이 그렇게 꾸미라고 한 건 아니지 않겠냐.

그다음? 그다음엔 그냥 다른 거 물어봤지. 이 집에 지하실 있냐고. 그랬더니 따라오라고 하는데, 정말 있었어. 꿈에서처럼 마당 구석엔 집 뒤로 가는 통로가 있어. 누가 거기에 집 뒤로 가는 그런 통로가 있다는 말을 안 하면 끝까지 모를 정도로, 판자 몇 개로 절묘하게 가려 놓았어. 판자를 슥 밀고 딱 통로로 들어가 보니까 정말 꿈에서 본 것처럼 새끼줄 하나를 쳐 놓은 계단도 있고? 그 계단 아래에는 철문도 있고? 그 철문이 자물쇠에 쇠사슬까지 묶여 있는 거야.

그렇지. 꿈에서 봤던 거랑 완전 똑같았지. 그래서 내가 저 지하실에 뭐가 있는지 집주인한테 딱 물었더니, 뭐라고 대답했냐면. 쓰지 않는 가구랑 물건으로 그 지하실을 가득 채웠다는 거야. 그러면서 막 혼잣말을 중얼거려. 언제 날 잡아서 안에 있는 그 가구들이랑 물건들을 싹 빼서 버릴 건 버리고 그래야 한다고. 그러다가 나한테 뭐라고 한 줄은 아냐? 좀처럼 정리할 시간이 안 나서 그걸 못 하고 있었는데 말 나온 김에 지금 자기랑 같이 지하실 정리를 하는 게 어떻겠냐 그러는 거야.

뭘 도와줘. 내가 도와줬겠냐? 또 나도 가만히 안 있었지. 곧바로 집주인한테 이렇게 말했어. 천장에 쥐가 있다고.

이건 정말이야. 어렸을 때 외할머니 집이 옛날 집이라서 많이 겪어 봐서 내가 잘 알아. 그때 그 집 천장에도 쥐들이 마구 뛰어다니는 소리도 나고, 뭘 자꾸 물어뜯는 소리도 나더라고. 딱 그 소리 듣고 알았지. 천장에 쥐가 2마리 있구나. 쥐가 있다는 말 듣더니 그 아저씨가 그래. 아무래도 오랜 기간 사람이 살지 않다 보니까 쥐가 들어온 거 같다고. 한 달이 지나서 내가 정식으로 계약하면 그때 쥐를 잡아 주겠대. 뭐 그것으로 그렇게 서로한테 볼일은 다 본 거 같아서, 이제 집주인 보내려고 하는데 집주인이 마지막에 뭐라고 했냐. 원래 이 집에 있으면 자다가 꿈에서 무서운 귀신을 보거나 아니면 가위에 눌리고 그러는데 젊은 친구는, 그러니까 나는? 그냥 안 무서운 꿈만 꾸고 마는 거 보니 역시 기가 세긴 세대. 그러면서 혹시 무당을 해 볼 생각은 없냐 이러는 거야. 참나, 이렇게 말이 나와서 하는 말인데, 내가 생긴 게 이러다 보니까 밤에 아무 생각 없이 걸어가다 앞에 가고 있던 여자한테 치한으로 몰려서 경찰서도 가 봤어. 어쩌다 집이 같은 방향이라서 나는 그냥 가던 길 가는 거였는데 그 여잔 날 이상하게 생각했다니까.

그래. 황당하지. 내가 이렇게 덩치도 크고 눈도 부리부리하게 생겨 먹었지만 아무리 그래도 그 아저씨 말처럼 무당을 하는 건 아니잖아. 그렇잖아? 그래서 집주인한테 그랬지. 바쁘실 건데 이제 아저씨는 가서 볼일 보세요. 그렇게 집주인 보내고 쭉 그 집에서 지낸 거야. 그리고 거기서 한 3주 정도 지냈을 땐가? 그때 내가 친구 걔한테 연락했을 거야. 우리 집에 놀러 오라고.

누구라니. 아까 말했던 친구 있잖아. 육군 대위 단 친구.

왜? 연락하는 게 당연한 거 아니야, 동생? 한번 생각해 봐. 내가 왜 전주까지 내려가서 그런 집에서 지냈겠어? 다 대한민국 육군 대위 그 양반한테 쓴소리 들어서 그랬던 거잖아. 솔직히 내가 못난 놈은 맞는데 또 최악은 아니야. 친한 친구한테 쓴소리 들었으면 뭔가 달라진 모습을 보여 줘야 하지 않겠어? 어떻게 내 말이 이해가 돼?

이해가 된다고? 알았어, 오케이. 그래서 그렇게 내가 걔한테 연락하니까? 아니나 달라? 대번에 걔는 자기가 며칠 후에 휴간데 그때 날 보러 오겠다는 거야.

진짜로 왔어. 걔는 한다면 하는 놈이거든. 그때 걔를 만나니까, 아직 저녁을 안 먹었다고 해서 같이 아무 식당에 들어갔지. 식당에서 밥 먹으면서 걔한테 막 주둥이 털었지. 그때 걔한테 하고 싶은 말이 많기는 많았거든. 그 집부터가 보통이 아닌 데다가 또 그 집에 있으면서 개가 나오는 꿈도 꿨으니까.

그래. 지금에서야 말하는 거지만 그 친구가 나오는 꿈도 꿨어. 그러니까 그 집에서 지내면서 꾼 꿈만 벌써 4개인 거지.

개가 나오는 꿈은 이제……. 그 꿈에선 그 친구 혼자 나오는 게 아니었어. 개하고 집주인이 동시에 나왔어. 그때 내가 글을 쓰려고 산 작은 밥상. 군복 입은 그 친구랑, 입에 천 두르고 있는 집주인이랑, 그 둘이서 그 작은 밥상에 마주 보고 앉아 있어. 그 작은 밥상에 다 큰 어른 둘이서 어떻게 그렇게 옹기종기 앉아 있는 건지 참 대단하기는 한데. 뭐 그래서 꿈이겠지만. 어찌 됐건 그 둘이서? 밥상에 마주 보고 앉은 상태로? 손가락으로 자꾸 상을 두드리는 거야. 똑똑, 똑똑, 똑똑똑, 이렇게 계속 상을 두드리기만 해.

그래. 바로 내 말이 그 말이야. 진짜 밑도 끝도 없고 어이도 없지 않냐?

그렇지. 황당하지. 다 큰 어른 둘이서 그냥 손가락으로 상만 두드리다가 끝나는 꿈이야. 뭐 그딴 꿈이 다 있냐고. 아무튼 나는 그 친구한테 그 꿈 얘기도 하고 이런 얘기 저런 얘기 다 하면서 재밌어 죽겠는데,

정작 그 친구 표정은 무슨 똥 씹은 표정인 거야. 밥은 거의 먹지도 않았어.

왜냐고? 내가 이상하게 변했거든. 나중에는 친구 걔가 이렇게 물어봐. 너 무슨 일 있냐, 밥은 먹고 다니냐. 일단 첫 번째가 시끄러웠어.

집이 시끄러웠다고, 집이. 내 몰골이 그렇게 된 이유 중에 첫 번째가 집이 시끄러워서였다고.

쥐 때문에. 그 천장에 있었던 쥐들이 해도 해도 너무했어. 그것들이 쥐로 태어나고 싶어서 태어난 건 아니겠지만 그래도 그렇지. 2마리가 어디 구멍이라도 뚫는 건지 밤낮 안 가리고 톡톡 톡톡 톡톡, 계속 소리를 내는 거야. 그런데 쥐가 내는 소리는 어떻게든 참을 순 있다, 이거야. 이것들이 한번 시작하면 멈추질 않아도, 한번 멈추면 계속 조용하기는 했거든. 진짜 문제는 꿈이었지. 사실 악몽이 아니라고 해도 꿈이 아주 생생하면 자다가 깰 수밖에 없잖아. 아까도 말했지? 그 집에 있으면서 꿨던 꿈이 4개라고. 생각해 봐. 그 4개를 마구잡이로 꿔 버리면 제대로 잘 수 있겠어? 잠을 설치니까 밤낮이 바뀌고 밥도 제때 못 먹을 거잖아.

술? 내가 술을 안 마셔 봤겠어? 그런데 아니야. 술 진탕 먹고 잠을 자도 꿈을 꾸는 건 마찬가지고 숙취까지 생기니까 일어나면 컨디션은 최악이야. 거기다 먹을 거랑 마실 거랑 그런 거 사러 밖에 나간 것 말고는 집에 계속 있었고.

당연하지. 그땐 좋은 소설을 써야겠다 이 생각만 했으니까 집에만 틀어박혀서 소설에만 매달린 거지, 뭐. 청소고 빨래고 양치질 면도까지 다 안 했어. 그런데 심각한 사실이 뭐였느냐. 내 몰골이 그런 걸 그 친구가 말해 주고 나서야 깨달았다는 거야. 그 친구가 말해 주기 전까지는 정작 나 자신은 내 몰골이 그렇다는 걸 몰랐어. 나중에 가선 친구 걔가 대체 어떻게 지내면 몰골이 그 모양이 되는 거냐고, 빨리 집에 나 가 보자고, 계속 닦달해서 대충 먹고 일어나 버렸지. 자랑은 아니지만 그때까지만 해도 나랑 그 친구가 말술이었어. 그땐 정말 우리 둘이 작정하고 술 마시면 옆에서 이런 말을 하는 사람이 꼭 있었어. 너희 그러다 죽어. 그 정도로 많이 마셨는데 난 그때도 그렇게 마시려고 했는데 친구가 자꾸 적당히 사자고, 적당히 사자고 그러는 거야. 지금 술이 문제냐고. 그래서 결국 15병만 샀지.

그럼. 당연히 소주지.

에이, 왜 그래. 소주 15병 가지고. 남자는 기본으로 3병 까고 시작하는 거 아니야? 아무튼 하던 얘기 계속하자면. 딱 집에 들어가자마자 걔가 한다는 소리가 이게 사람 사는 거냐, 네가 거지냐, 노숙자냐, 막 별의별 말을 다 꺼내. 직장 생활이 다 그렇지만 특히 군대는 윗사람 눈치 보면서 사는 데잖아. 그래서 친구 걔는 오랜만에 윗사람 눈치 안 보면서 나랑 술이나 진탕 마셔 보겠구나, 기대를 하고 온 건데. 내 꼴이 그래 버리니까 기분 버렸던 거지. 나더러 술은 적당히 마시고 잠이나 자래. 나도 꼴에 자존심은 있는 놈이거든. 나는 그럴 수 없다, 술 모자라면 더 사 오겠다 버텼는데 막상 술이 들어가니까 막 잠이 쏟아지는 거야. 그때 내가 마셨던 게 소주 2병밖에 안 됐는데. 그 2병 마시고 세상모르고 잤다가 아침에 딱 일어났지. 일어나서 보니까 걔는 혼자서 안주는 하나도 안 먹고 소주 그걸 다 마셨더라고. 15병에서 내가 2병을 마셨으니까 13병이 남았을 거 아니야. 그 13병을 걔가 다 마신 거지. 아무리 술이 강한 사람도 그 정도 마시면 평상시랑 달라지거든. 그런데 그때 걔는 아주 멀쩡했어. 오히려 눈빛이 또렷해. 그 또렷한 눈빛으로 뭔가를 골똘히 생각하면서 앉아만 있더라고. 내가 걔한테 말했지. 얀마, 너 왜 그래. 그랬더니 걔가 뭐라고 한 줄 아냐?

나한테 대뜸 하는 얘기가. 우리나라 군대에 최신 설비랑 장비가 다 전자 기기라서 한번 고장이 나면 그 즉시 쓸모가 없어진대.

그게 무슨 말이냐고? 내 얘기 계속 들어 봐. 그럼 무슨 말인지 알 거니까. 그 친구 말이 뭐냐면 그러니까 예를 들어서 우리나라 탱크가 자동 조준 장치가 탑재된 좋은 물건이기는 하지만 북한의 그 구닥다리 탱크를 무시할 수가 없대. 자동 조준 장치 같은 건 전자 기기라서 고장 나면 고치기도 힘들어서 우리 탱크는 제대로 쏠 수 없을 때, 북한 탱크는 고장이 날 것도 없으니까 그냥 눈으로 보고 계속 펑펑 쏘면 된다는 거야.

그래. 진짜로 뜬금없는 얘기지. 그런데 나도 지금은 이렇게 웃고는 있어도 그땐 친구 걔가 무슨 정신 나간 표정으로 분위기 잡고 있으니까 나까지 주눅이 들어 버린 거야. 웃을 분위기가 아니었어. 한마디로 친구 걔도 그렇고 나도 그렇고 무서웠단 얘기지. 나도 나름 그 무서운 분위기를 이겨 보려고 걔한테 이렇게 말했어. 너 술을 너무 많이 마셨다고. 왜 갑자기 분위기 잡으면서 밑도 끝도 없는 얘기를 하냐. 너 이상해진 거 같다. 그러니까 그 친구가 이렇게 말해. 혹시 내가 너한테 내 보직이 통신이라고 말했냐?

그래. 통신. 그 친구가 통신 장교였거든. 알고 보니까 그 친구가 모스 부호 얘기를 꺼내려고 그런 얘기를 한 거였어.

모스 부호 있잖아, 모스 부호.

그래, 그거.

그 친구가 하고 싶었던 말은 모스 부호가 아주 오래된 방식이지만 아직까지 우리 군에서 모스 부호를 가르치는 이유가 그래서래. 첨단으로 된 통신 장비가 고장 나면 모스 부호로 통신하려고. 그리고 그 친구는 나한테 그 꿈 얘기를 해 보래. 내가 꿨던 꿈 중에서, 그 친구하고 집주인하고 밥상에 앉아서 막 상을 두드리던 꿈 있잖아. 그 꿈 얘기를 다시 해 보라는 거야. 나야 뭐 그대로 다 말했지. 다 듣더니 걔가 말해. 혹시 그 두드리는 소리가 일정하지 않았냐고. 어떤 일정한 형식을 가지고 있지 않았냐고. 솔직하게 말하자면 난 그때까지 걔가 무슨 생각으로 그런 얘기를 하는 건지를 몰랐거든. 그래서 그대로 말했지. 야, 난 네가 지금 무슨 말 하는 건지 모르겠다. 하고 싶은 말이 뭐냐. 그랬더니 걔가 그래. 자기도 천장에서 나는 소리를 들었다고. 내가 소주 2병 마시고 뻗어 버린 뒤에 걔 혼자서 술 마시고 있을 그때, 천장에서 쥐들이 막 소리를 냈던 거야. 그런데 걔가 그 소리를 듣다 보니까 어느 순간 그 소리가 모스 부호 같다는 생각이 들었대. 갑자기 걔가 나한테 뭘 건네더라고. 뭘 건넸냐면 노트를 1장 뜯은 걸 나한테 건넸는데 보니까 그 종이 거기다가 막, 뭘 쓰고 긋고 쓰고 긋고 그래 놨어. 또 곳곳에 동그라미를 친 글자가 많이 있었는데, 그 동그라미 친 글자들만 읽어 보면 딱 하나의 내용이 되는 거였거든? 그게 무슨 내용이냐. 저는 이 집의 진짜 집주인입니다. 지금 집주인 행세를 하고 있는 무당들에게 죽었습니다. 제 시체는 지하실에 있습니다. 그러니까 새벽 내내 천장에서 쥐가 내던 그 소리를 모스 부호로 바꾸면 바로 그런 뜻이 된다는 거야. 무당 새끼들이 사람 죽여 놓고, 그 죽인 사람 행세를 하고 있다는 거잖아, 결국. 나는 그때 집주인한테 연락하려고 했거든. 그랬더니 친구 개가 날 막 뜯어말려. 그러면서 우리가 확인을 해 보자고 그래.

뭐긴 뭐겠어, 동생. 당연히 지하실에 내려가서 확인해 보자는 거지. 날 더 밝을 때까지 기다렸다가 철물점 갔지, 뭐. 장갑에 망치에 펜치에 커터 칼, 오함마, 그 뭐냐, 그거 있잖아. 그, 쇠문 같은 거 딸 때 쓰는 기다란 쇠로 된 막대기. 끝이 좀 갈라져 가지고…….

그래, 빠루. 친구 개는 그 빠루까지 거침없이 골라. 그때 육군 대위 월급이 얼마였는지는 모르겠지만. 돈도 많아. 그 연장들 다 개가 샀어. 이제 그걸 다 들고 집에 온 거야. 그리고 마당 구석 뒤쪽으로 난 그 통로로 갔지. 그러다 지하실로 내려가는 그 계단 앞에서 딱 머뭇거렸어. 내가 말했잖아. 그 계단 시작되는 곳에 새끼줄 쳐 놨다고. 그냥 평범한 때에 그걸 보면 정말 아무것도 아닌데 그렇게 긴장되는 상황에선 그 새끼줄이 굉장히 무섭게 느껴지더라니까? 고민이 되는 거야. 새끼줄 들어서 밑으로 스윽 지나가거나 아니면 그냥, 잘라 버리는 날에는 무슨 일이라도 생길 것 같아. 친구 걔도 무섭기는 마찬가지였나 봐. 나랑 걔는 서로 눈치만 보고 있었어. 그러다 어느 순간, 갑자기 걔가 새끼줄을 딱 잡더니 그냥 잘라 버리는 거야. 아니, 어떻게 된 게 그냥 밑으로 지나갈 수도 있는 건데, 또 자르면 자른다고 얘기는 해 주고 자르지 그냥 자르는 게 어디에 있어. 나 진짜 놀랐어. 벼락이라도 떨어지는 줄 알았다니까.

당연히 안 떨어졌지. 만약에 그랬으면 지금 내가 여기에 있겠냐.

내려갔냐고? 당연하지. 물론 나는 가만히 있었고 그 친구만 내려간 건데. 오함마랑 망치랑 빠루 그걸 들고 내려갔어. 내려가면서 나한테 뭐라고 했냐면 만약에 우리가 완전히 헛다리를 짚은 거면 그냥 집주인한테 사실대로 말한 뒤에 사과하고 수리비를 주면 된다는 거야. 그러면 되니까 우리 편하게 생각하자고 그래. 걔 말이 맞는 게 어차피 거기가 이상한 집인 걸 알고 내가 거기서 지낸 거잖아. 집주인도 그런 걸 감안하고 나한테 싸게 집을 내준 거고.

그렇지? 맞지? 그래서 우리가 완전 헛다리를 짚었다고 해도? 집주인이 그 정도는 이해를 해 줄 거다, 그 친구의 말은 그거였지. 그래도 그 친구가 이렇게 말하기는 했어. 나는 신분이 군인이니까 이 문을 부순 건 너라고 말은 맞추자고. 결국 자기 살길은 마련한 상태에서 연장 들고 내려간 거지 뭐. 그 자신감에는 다 이유가 있었던 거야. 그래도 거침이 없었어. 심호흡을 한번 한다거나, 그 성호 있잖아, 손으로 십자가 긋는 거. 그런 것도 없이 그냥 자물쇠를 때리는데, 자물쇠가 아니라 아예 문까지 거덜을 내더라. 군대에서 스트레스가 심하기는 심했나, 철문을 그냥 아작을 내는데 그 철문 아작 나는 소리가 요란하기는 요란했어. 그 소리 때문에 안 그래도 무서운 게 더 무서웠다니까, 와…….

당연히 들어갔지. 들어가자마자 깨달은 게 뭐냐면 우리가 손전등을 안 샀다는 거야. 아니, 어떻게 연장은 다 샀는데 손전등을 안 산 건지 지금 생각해도 어이가 없는데. 그만큼 우리가 정신이 없었던 거지. 분명 그 안이 굉장히 넓었는데 아무것도 안 보이니까 뭘 할 수가 있나. 그런데 손전등이 필요 없었어. 알고 보니까 전등 스위치가 있더라고. 친구 걔가 벽에 있는 그걸 혹시나 하고 눌렀더니 딱 불이 켜지는 거야. 그렇게 불이 켜지니까 든 생각이 뭐냐면 집주인 그 양반이 나한테 거짓말을 했구나, 딱 그거였어. 분명 집주인은 이렇게 말했거든. 그 지하실은 쓰지 않는 가구랑 물건으로 가득하다고. 막상 보니까 아니야. 그 넓은 공간이 텅 비어 있어. 그런데 기둥하고 기둥 사이에 뭐가 보이네? 지하실 딱 중앙에 새끼줄을 두 줄로 쭉 이렇게, 정사각형 모양으로 쫙 둘러놨어. 그리고 그 공간에 흙도 깔아 놓았고.

그렇지. 방금 동생 말처럼 지하실 기둥이나 벽이나 바닥은 다 시멘트인데, 딱 거기만 흙이 있는 거야. 밭에서 볼 수 있는 그 흑갈색 흙 있잖아. 가까이 갔지. 정사각형으로 둘러놓은 새끼줄에는 부적이랑 방울이 막 달려 있는데. 이야, 그걸 보고 딱 느꼈지. 뭐랄까. 일종의 결계? 만약에 그 새끼줄을 잘라 버리는 날에는 거기 담겨 있던 흙에서 뭐가 팍, 하고 튀어나오는 건 아닐까 그런 생각이 들더라고. 오죽했으면 철물점에서 손전등 말고 삽도 안 산 게 다행일 정도였다니까?

야, 생각해 봐. 만약에 삽까지 있었으면 괜히 그 흙을 파고 싶어질 거 아니야. 내 말이 틀려? 너 소설 쓰니까 알 거 아니야. 대본 규칙. 2막에 총이 등장하면 3막에선 반드시 그 총을 쏜다.

뭐? 아직 그런 것도 모르고 있었어? 아직 더 배워야겠네, 동생이 이거? 얌마, 한잔하자.

왜 삽을 안 샀냐고? 당연하지. 그때 천장에서 들렸던 모스 부호에는 시체가 지하실에 있다고만 했지, 시체가 흙에 묻혀 있다는 말은 없었어. 만약에 흙에 묻혀 있다고 하면 우리가 삽도 샀겠지. 내 말이 틀려?

그렇지? 맞잖아? 그런데 여기서 재밌는 게 뭔지 아냐? 삽이 거기에 있었어. 기둥 뒤에 삽 하나가 보란 듯이 가지런히 세워져 있더라고.

어떻게 했냐고? 이렇게 했지. 친구 걔가 삽을 발견하더니 곧바로 커터 칼로 새끼줄을 자르기 시작하는 거야. 다 잘라 버리더니 삽을 들어. 든 다음에, 흙은 자기가 팔 테니까 나한테는 나가서 망을 봐 달라고 해. 이제 그래서 지하실 밖으로 나가려고 했는데 시간이 좀 지난 것도 아니야. 지하실 입구에 딱 서자마자 누가 저 계단 위에서 날 노려보고 있더라고. 심장

터지는 줄 알았지.

맞아. 집주인이었어. 그리고 집주인이 뭘 들고 있었는지는 아냐? 우리가 철물점에서 산 오함마 있잖아. 그걸 들고 있는 거야. 그리고 막 뛰어내려 와.

나? 나야 도망갔지. 당연히.

뭐? 야, 너 같으면 계단 위로 도망을 갈 수 있었겠냐? 지하실 안으로 들어갈 수밖에 없지.

친구? 친구 걔는 이제, 집주인이 오함마 들고 막 설치니까 그냥 삽 던져 버리더니 나랑 같이 도망쳤지.

아니, 아니야. 그 도망친 게 지하실 밖으로 도망을 쳤다는 게 아니고 그 지하실 안에서 이리 갔다가 저리 갔다가 막 뛰어다녔다는 거야.

뭐? 톰과 제리? 지금 심각한 상황인데 그런 농담이 나와? 너, 귀신보다 사람이 더 무섭다는 말 알지? 그때가 그랬어. 그때 집주인이 우리한테 뭐라고 했냐면, 어떻게 알았냐고, 어떻게 알았냐고, 막 소리를 지르는 거야. 소리를 지르면서 눈 동그랗게 뜨고 오함마를 휘두르는데 우리가 또 잘 도망을 가니까 자기도 답답한지 나중엔 그걸 우리한테 던져.

당연히 안 맞았지. 그거 맞았으면 지금 내가 여기

에 있겠냐? 그런데 집주인이 손에 오함마가 없어지니까 진짜 빠르더라고. 친구가 그냥 붙잡혀 버렸어. 어떻게 된 건진 몰라도, 그때 걔가 넘어지고 나서 바지가 막 벗겨지지, 나한테는 살려 달라고 소리는 치지, 난 친구가 잡혔으니까 놔두고 도망갈 수는 없지. 그렇다고 미친 집주인이 무서워서 그걸 때리지는 못하겠지, 친구는 도와줘야 하니까 집주인을 친구한테서 잡아 뜯기는 했다. 이야……. 내가 원래 소리 같은 거 안 지르는 사람인데 그때는 나도 막 소리가 질러져. 그냥 소리만 질러 댔어.

친구? 걔는 다친 데 없이 멀쩡했지.

왜냐면 집주인이 걔를 붙잡기만 하지 목을 조르거나 때리거나 그러는 게 아니라, 그냥 멱살만 붙잡은 채로 물어보기만 했거든. 어떻게 알았냐고, 계속, 어떻게 알았냐고, 어떻게 알았냐고, 소리만 질러 대.

나도 몰라. 왜 그것만 물어본 건지. 그 사람은 그게 궁금했나 봐. 집주인은 어떻게 알았냐고 소리 지르지, 친구도 무서워서 소리 지르지, 나도 소리 지르지, 그때 고막 멀쩡한 게 신기할 정도다, 야, 아이고.

뭐?

동생. 말이 되는 소리를 해. 만약에 제대로 싸웠으면 당연히 우리가 이기지. 집주인이 우리보다 나이도 많고 또 나도 그렇지만 친구 걔도 어디 가서 맞고 다니는 애는 아니니까. 그런데 그땐 상황이 우리가 어디서 시비 붙어서 싸운 게 절대 아니잖아. 상황이 상황이라 그땐 우리가 겁에 질려 있었던 거지 뭐. 그러니까 싸울 생각을 못 한 거야.

덩칫값이라니. 야, 그래도 형한테 덩칫값 못한다는 말이 뭐냐. 얀마, 호랑이나 사자도 겁을 먹어 버리면 아무것도 아닌 거잖아. 맞잖아. 한잔하자?

어떻게 됐냐고? 경찰 왔지, 뭐. 누가 신고를 한 거야. 그 집에 도둑이 든 거 같다고.

아까 말했잖아. 우리가 지하실로 들어가기 전에 친구 걔가 지하실, 그 철문을, 오함마로 거덜을 냈다고. 바로 그때 자물쇠랑 이제, 그 철문 거덜 내는 소리가 너무 시끄럽게 나니까 어떤 할아버지가, 그 동네 어르신이 신고한 거야. 동네에 보면 한 분씩 있잖아. 나이가 많아서 일을 하지는 않지만 또 정정해서 병원 신세 안 지시는 분. 맨날 동네 산책 다니고.

그렇지? 있지? 꼭 동네에 그런 분들 있잖아. 그때

그 어르신도 동네 산책하다가 우리가 연장 들고 돌아다니는 모습을 봤나 봐. 연장들 들고 다니는 모습이 하도 이상해서 우리를 몰래 따라왔나 보더라고. 우리가 도둑인 줄 알고 그랬대. 그래서 그 집 대문 옆에서 가만히 기다리고 있다가 우리가 그 집 지하실 철문 때려 부수는 그 소리 듣고, 아 진짜 도둑이 맞구나, 그렇게 경찰에 신고한 거지.

누가?

아, 집주인이?

알고 보니까 그 집 곳곳에 CCTV를 설치한 거야. 그것도 잘 안 보이게. 그렇게 해 놓고 내가 그 집에서 뭐 하는지를 지켜본 거지. 지켜보고 있다가 우리가 연장으로 철문 부수고 지하실 내려가는 것까지 보고 쫓아온 거라던데.

경찰서? 당연히 갔지. 어차피 갈 수밖에 없었어. 시체가 있었으니까. 이미 친구 걔가 그 시체 머리가 다 드러나게 흙을 파 놓은 상태였어. 많이 판 것도 아니야. 흙이 2미터나 묻혀 있었지만, 시체는 그 안에 누워 있는 게 아니라 서 있었거든. 시체를 그렇게 묻어야지 주문인지 주술인지 아무튼 그게 발휘된다고 믿고 있었대, 무당 걔네는.

 구속이라니, 왜 우리가 구속이야? 오히려 우리 때문에 범인 잡았는데?

 조사야 당연히 받았지. 그야 조사받을 때 우리가 애를 먹긴 했는데. 지하실에 시체가 있는 걸 우리가 어떻게 알았는지 그것 때문에 우리가 의심받았거든.

 왜기는? 나랑 친구는 꿈에서 본 거랑 또 천장에서 들리는 소리로 그 지하실에 시체가 있는지를 안 거잖아. 그런데 솔직히 그 말을 누가 믿어. 안 그래?

 봐. 네가 생각해도 그렇지? 오죽했으면 우리가 공범이 아니냐고 그런 의심까지 받았다니까. 그래도 집주인이 자기들이 죽인 게 맞다고 다 털어놓아서 우리가 공범이 아닌 게 밝혀졌지. 안 그랬으면 나랑 친구 걔는 계속 경찰 조사 때문에 고생했을 거다.

 가짜 집주인이라니 그건 또 무슨 말이야.

 아, 그렇지. 네 말이 맞네. 무당 걔네가 원래 집주인을 죽인 다음에 자기들이 집주인 행세를 했으니까, 이제 그 아저씨 그 사람을 가짜 집주인이라고 해야겠지. 그런데 호칭이 그렇게 중요해?

 헷갈린다고? 알았어, 동생. 이제부터 가짜 집주인,

진짜 집주인, 이렇게 호칭을 통일하자고. 오케이. 어쨌든. 경찰 얘기 들어 보니까 무당 패거리 중에서 집주인 역할을 맡았던 가짜 그 사람은, 사람 죽여 놓고 죄책감에 시달렸대. 시체를 묻은 지가 5년이 넘었는데 그 5년 넘도록 그 가짜 집주인은 죄책감 때문에 맘 편히 못 지낸 거지. 그러다 지쳐 버린 거래. 그래서 경찰 조사받을 때 에라 모르겠다 하고 그냥 다 불어 버린 거고.

누구?

아, 진짜 집주인? 진짜 집주인은 이제……. 시간만 나면 무당 찾아가고 그런 걸 믿는 사람이었대. 그런 사람들 있잖아. 무슨 일 조금만 안 풀리면 바로 무당한테 가서 물어보는 사람들. 진짜 집주인이 그런 사람이었던 거지. 그리고 여기부터가 중요한데 잘나가는 무당들 보면 무당 혼자 있지 않잖아. 무당 수발들어 주는 사람들이 꼭 옆에 붙어 있지? 진짜 집주인이 처음에 딱 그 무당을 찾아갔더니, 하필 그 무당집에서 수발들어 주는 사람 중에 그 진짜 집주인하고 똑같이 생긴 사람이 있었던 거야.

그렇지. 동생 말처럼 무당 개네가 곧바로 설계 들

어간 거지. 애초에 그 무당 패거리가 전과가 화려했어. 일단 무당 개네 중에 전과가 없는 놈이 하나도 없었고, 그 우두머리, 그 무당 놈 전과엔 살인 교사도 있었어.

뭐 때문에라니. 결국 돈 때문에 그런 거지 뭐. 너 알부자라고 아냐?

잘 모르겠다고? 평소엔 옷도 허름하게 입고 차도 안 끌고 다니는데 재산은 막, 백억, 이백억, 천억, 이런 사람 있잖아. 진짜 집주인이 바로 그런 알부자였던 거야. 거기다 진짜 집주인은 가족이 하나도 없었대. 그러니까 그런 사건이 가능했던 거고, 또 세상에 늦게 알려진 거지. 경찰한테 얘기 들어 보니까 부인 되는 사람이랑 이혼했다고 했나 아니면 그냥 죽었다고 했나. 일단 확실한 건 부부 중에 하나가 불임이라서 애도 없었대.

친구? 안 그래도 내가 그거 말하려고 했는데. 참 나. 하필 또 진짜 집주인이 인간성이 좋지는 않았나 봐. 친구가 하나도 없었대.

삼진 아웃? 삼진 아웃이 무슨 말이야?

그러네. 마누라 없지, 애 없지, 친구 없지, 동생 말처럼 진짜 삼진 아웃이네.

하는 일? 그 사람이 하는 일이 아마, 젊었을 때 서울 여기서 돈놀이를 했다고 했을 거야. 쉽게 말해서 사채겠지? 사채로 돈 많이 벌고 나이 드니까 전주 거기로 내려가서 조용히 살고 있었던 거지. 그러다가 그 무당 패거리 만나서 죽은 거고.

우리? 우린 조사 좀 받다가 금방 풀려났지. 그런데 이게 있어. 이제까지 내가 얘기한 게 옛날이야기는 아니잖아. 실제로 누가 사람을 죽이고 그 시체를 지하에 묻어 버린 살인 사건이란 말이야. 그러니까 경찰에선? 범인만 잡고 끝낼 게 아니라 수사 보고서를 만들어야 하잖아. 그리고 그 수사 보고서를 누가 보겠냐. 결국 검찰로 간다고. 살인 사건은 민사가 아니니까. 검사가 수사 기록이나 보고서를 보면서 살인자들 상대로 재판을 해야 되잖아. 자, 그럼 우리 생각을 해 보자. 재판장에서 이제 검사가 그 무당 패거리를 가리키면서 이렇게 말한다고 생각을 해 보자고, 동생. 재판장님, 억울하게 죽은 귀신이 피고인들의 범행을 증언했습니다.

봐. 웃기지? 웃기잖아. 검사가 법정에서 절대 이

렇게 말할 수가 없어요. 수사 보고서는 어떻게든 말이 되도록 작성해야 한단 말이야. 말이 되도록 작성해야 하는 게 무슨 뜻이냐면……. 일정한 체계? 그런 게 잡혀 있다고 해야 하나? 아, 이렇게 말하면 되겠네. 과학이나 상식으로 납득이 가능하게? 그땐 나랑 친구 걔보단 경찰들이 더 호들갑이었어. 다른 건 몰라도 천장에서 왜 그런 소리가 났는지 그게 제일 중요했는데 그걸 알아보겠답시고 경찰들이 그 집 천장을 싹 뜯었어. 그 뜯는 자리에 나도 있었는데, 그리고 진짜로 쥐가 2마리가 있더라.

못 잡았지. 자기들이 파 놓은 구멍 있잖아, 쥐구멍. 거기로 쏙 빠져나가 버렸어. 원래는 싹 잡아서 우리에 가둔 다음 증거품처럼 어떻게 하려고 했대. 그래도 쥐가 손전등 불빛에 놀라서 막 허둥거리는 모습을 사진으로 찍기는 찍어서 그걸 어떻게 수사 보고서에 붙였다고는 하는데. 그리고 그 사진 밑에 이런 말을 썼대. 최초 시신 발견자들은 천장에서 쥐가 낸 소리를 듣고 우연치 않게 범행을 알게 됨.

이상하다니 뭐가 이상해. 억울하게 죽은 귀신이 소리 낸 모스 부호로 범행이 밝혀짐, 이런 말보단 훨씬 낫잖아.

뭐라고? 동생은 진짜로 억울하게 죽은 귀신이 그 쥐들을 조종했다고 생각하는 거야? 이제 와서 하는 말이지만 난 귀신이 없다고 생각하는 쪽이야. 그리고 그때 일을 과학이나 상식 그런 걸로 설명을 아예 못 하는 것도 아니고.

참나. 내가 설명 못 할 거 같아? 먼저 진짜 집주인 그 사람하고 완전히 닮은 사람이 있을 수 있느냐, 그것부터 말해 볼까? 그때 뉴스에서 그 사건을 잘못 보도했을 정도였거든. 쌍둥이 동생이 자기 형을 죽인 거라고. 그 정도로 진짜랑 가짜가 닮기는 너무 닮았어. 그런데 아까 말했는지는 모르겠지만 그때 경찰한테 조사받을 때 내가 부탁해서 가짜랑 진짜랑 그 두 사람 실제 사진을 본 적이 있어. 그랬더니 두 사람이 완전하게 닮은 건 아니지만? 충분히 닮았던 건 맞아. 자, 이게 무슨 말이냐. 사람은 어느 정도만 닮잖아? 그러면 목표로 하는 사람의 고유한 특징 몇 개만 잘 묘사하면 게임 끝나거든. 너 나중에 인터넷에 히틀러 닮은 꼴 검색해 봐. 무슨 뜻인지 알 거다. 코에 그 수염 하나만 붙이고 머리 옆으로 넘기면 다 히틀

러처럼 보여. 세상에 닮은 사람이 얼마나 많은데. 다음으로 두 번째. 그 집에서 지내는 동안 내가 왜 이상한 꿈을 꾸고 생활 리듬이 깨지고 그랬을까 하는 점인데. 혹시 그걸 아는지 모르겠다. 그 악어 있잖아.

그래. 파충류. 걔네는 알에 있을 때 온도가 높은지 낮은지에 따라서 성별이 결정된대. 또 쥐는 환경이 열악하잖아? 암컷을 많이 낳고. 우리 인간은 안 그러나? 여자들 치마 있지? 경제가 어려울수록 여자들 치마가 짧아진다고 하잖아.

그렇지? 너도 들어 봤지? 그런 것처럼 아주 넓게 보면 우리 인간도 한낱 동물 아니냐. 처한 환경에 어떻게든 영향을 받을 수밖에 없어. 그러니까 바로 그 집이 그랬던 거 아닐까 해. 사소해서 누구라도 지나칠 수밖에 없지만 절대 간과할 수 없는 어떤 환경 조건이 그 집에는 있었을 거야. 그게 어떻게 해서 나한테 영향을 끼쳤는지는 지금의 과학 기술이나 수준으로는 알 수 없겠지만. 어쨌든 그 집만이 가지고 있는 희한한 환경 조건 때문에 내가 이상한 꿈을 꾸고, 잠을 설치고, 몸 상태도 안 좋고 그랬던 거겠지.

정기? 정기를 뭐?

동생. 동생 생각에도 정말 귀신한테 저주를 받은 그 집이 내 정기를 빨아 먹은 거 같아? 한번 말해 봐. 정말 저주받은 그 집이 내 정기를 빨아 먹은 거 같아?

봐. 동생도 확실하게 말 못 하잖아. 이걸 알아야 돼. 자연을 초월한 어떤 현상을 겪었을 때 귀신이다, 저주를 받았다, 주장하면서 막무가내로 밀어붙이는 건, 그런 걸로 사기 치는 사이비들이나 쓰는 수법이야. 물론 나부터가 그때 겪은 일로 책을 써서 돈을 번 놈이지만, 그래도 소설이랑 사이비는 다르잖아. 아니야?

맞지? 그 점은 동의하는 거네. 난 그걸 이용해서 소설을 쓰고 싶었지, 사이비를 하고 싶은 적은 없어. 그런 것처럼 나는 지금 그때 겪었던 일을 과학이나 상식으로 납득이 가능하게 설명을 하고 싶어. 내 말이 무슨 뜻인지 알겠지, 동생?

오케이.

세 번째? 세 번째라니?

아, 세 번째. 아마 내가 세상에는 닮은 사람이 많다고 그걸 첫 번째라고 했을 거야. 그리고 아직까지도 지금의 과학 기술로는 알 수 없는 환경 조건 때문에 내가 그 집에서 이상한 꿈을 꾸고 잠을 설치고 뭐 그렇고 그랬다 그걸 두 번째라고 했을 거고. 맞나?

그럼. 이제 세 번째는? 무당 패거리가 왜 시체를 하필 그렇게 처리했나 그건데. 그때 구속된 무당, 그 우두머리 새끼가 뭐라고 했냐면, 원래 억울하게 죽은 시체에는 원한이 깃들어 있대.

그렇지. 방금 동생이 말한 것처럼 원혼. 바로 그 원혼이 깃들어 있으면 시체는 절대 썩지를 않는대. 그렇게 썩지 않으면서 자기를 죽인 사람의 꿈에 나타난다거나, 앞길을 막는다거나 하면서 분풀이를 한다는 거야. 분풀이를 할 때마다 시체가 조금씩 썩는대.

그렇지. 분풀이를 하는 만큼, 딱 그만큼만 시체가 썩는 거야. 그러니까 그 무당의 말은, 원혼은 자기를 죽인 사람을 엄청나게 괴롭혀야지 그래야 자기 시체가 다 썩을 수 있대. 자기 시체가 다 썩어야 그 원혼은 세상에서 사라지게 되는 거고. 그리고 그 무당이 그 집에다 제사상 차리고 이상한 인형도 만들어 놓고 벽이랑 천장을 부적으로 도배를 한 건, 그 원혼을 그 집에 가두려고 그랬던 거래. 그렇게 하지 않으면 그 원혼이 떠돌면서 자기를 죽인 사람을 기어코 찾아서 그 사람을 괴롭힌대.

정리를 해 달라고? 그 무당 패거리의 주장은 이거야. 그 집에다 그 원혼을 가둔 다음에 그 집에 사람을 들여 놓고, 이제 그 세 들어 온 사람이 그 원혼에게 시달리게 했던 거지. 세 들어 온 사람이 시달릴수록 그 지하실에 있는 시체가 썩으니까, 집에서 사람이 나가면 다시 들이고, 또다시 들이고 그랬던 건데. 그 와중에 그 원혼이 세 들어 사는 사람한테 허튼소리 하지 말라고 그 천을 두르는 주문도 걸어 놓은 거고.

그래, 맞아. 그 집 1층에 있던 통나무 인형에 천을 두른 게 바로 그런 주문이었던 거야. 그래서 내 꿈에 나온 집주인이 끝까지 말하지 못한 거래. 자, 이렇게 하면 정리가 되나?

아니야, 그건 아니야. 무당 개네는 그냥 살점이 다 썩을 때까지만 기다린 거야. 너 백골이 뭔지 알지?

바로 그렇게 될 때까지 기다린 거래. 동생. 생각해 봐. 뼈까지 다 썩을 때까지 어떻게 기다리겠냐. 공룡 모르냐? 개네 뼈는 몇억이 지났는데도 발견이 되잖아. 실제로 그때 그 시체를 꺼냈을 때, 그게 다 썩지는 않았어. 살점이 조금씩 붙어 있는 정도? 물론 그 상태도 이미 백골이지만, 엄연히 백골은 아니거든.

조금이라도 살점이 붙어 있었으니까. 바로 그게 아쉽다고 하더래, 그 무당 놈들은. 조금만 더 기다리면 완전 다 썩는 건데, 그 시체가 다 못 썩어서 결국 자기들이 경찰한테 걸린 거라고.

뭐? 저기 동생. 동생은 지금 그 무당 놈들 말을 믿는 거야? 내가 말했지. 나는 그런 거 안 믿는 사람이라고. 그래서 그런 걸 과학이나 상식으로 납득이 가도록 설명하려고 노력한다고 했지? 난 그 미친놈들 말보단 그 사건 맡았던 경찰들 말이 맞다고 생각하는데? 자, 봐. 만약에 동생이 어쩌다 집에서 사람을 죽였다고 쳐. 그걸 안 들키고 싶어. 그러면 어떻게 할 거야. 일단 시체를 안 들켜야겠지. 집에다가 그걸 그냥 놔둘 거야? 잘 생각해 봐. 뉴스 보면 살인범이 시체를 토막 내는 경우가 있지. 그것들이 미쳐서 그러는 게 아니야. 그게 다 들키기 싫어서 그러는 거야. 시체를 그대로 버리거나 숨기면 들키기 쉽잖아. 사람이 좀 크냐. 숨기거나 버리기 편하게 토막을 내는 거야. 토막 내는 사람들 그거? 아주 온전한 정신 상태야. 그런 상황에서 침착함을 잃지 않고 차분하게 시체를 토막 내는 대단한 놈들이라고. 사람 토막 냈으면서 정신병 있다고 하는 놈들? 그거 다 거짓말이야. 그나저나 내가 어디까지 얘기했냐?

그랬지. 아무튼 경찰들 말은, 걔네가 그렇게 한 건 다 완전 범죄를 위해서래. 완전히 뼈만 남을 때까지 기다린 뒤에 그걸 꺼내서 부수고 빻아서 아무 곳에다 뿌리려고 그랬다는 건데. 안 그래도 무당 걔네는 시체 묻었던 그 흙에다가 시체 파먹는 벌레들을 풀어 놓기도 했어. 그게 뭐겠어. 빨리 시체 썩히려고 그랬던 거지, 뭐. 그런 거 보면. 그 무당 지능이 높은 거 같지 않아?

아니라고? 왜?

그렇게 생각할 수 있겠네. 동생 말처럼 시체를 숨긴 곳치고는 지하실이 허술하긴 했지. 시체를 묻어 놓고 그 지하실 문은 자물쇠만 채우고 끝냈잖아. 그런데 조금만 생각해 보면 그게 진짜 머리가 좋은 거다? 애초에 그 집은 흉가로 소개가 된 상태잖아. 또 집 안을 저주받은 것처럼 꾸며 놓았고. 바로 사람의 공포심을 자극한 거잖아. 그래서 거기에 그런 지하실 문이 있다고 알고 있어도? 누가 거길 들어가려고 하겠어. 애초에 그런 집에 살 사람도 없고. 나 같은 또라이 말고는.

봐. 내 말이 맞는 거 같지? 아마 무당 걔네는 사이비 종교를 만들어도 잘했을 거다. 그리고 여기까지야.

무슨 말이기는. 그때 그 사건에서 과학이나 이런저런 상식으로 설명할 수 있는 게 여기까지라는 거지, 뭐. 이제 나머지 것들은 과학이나 상식으로 설명이 안 돼. 일단 내가 꿈에서 본 것들이 그래. 사실 꿈은 자기가 이제까지 보거나 경험한 것의 파편? 그러니까 그런 파편이 모여서 만들어진 이미지거든. 한 번도 안 보거나 경험하지 않은 것은 절대 꿈에 나올 수가 없어.

다시? 알았어. 꿈은 자기가 이제까지 봤거나 경험했던 일들의 파편이 모여서 만들어진 형상인데 그래서 한 번도 안 보거나 경험하지 않은 것은 절대 꿈에 나올 수가 없어. 자. 여기까지 이해했어?

오케이. 그래서 내가 꿈에서 봤던 집주인이? 진짜 집주인이었는지 아니면 가짜 집주인이었는지, 그건 중요하진 않을 거야. 어차피 그 얼굴이 그 얼굴이니까. 맞지? 하지만? 분명 내가 꿈에서 본 사람은 입에 천을 두르고 있었단 말이야? 그걸로 모자라서? 천을 두른 그 사람이 1층을 들어가더니? 나한테 인형도 보여 주고, 그 뭐야, 집 거기 뒤로 가서 지하실까지 보여 줬단 말이야? 대체 이건 어떻게 설명을 해야 돼? 꿈의 원리를 생각하면서 방금 내가 했던 말을 생각해 봐. 나는 그때 단 한 번도 그 집 1층을 들어가 보거나 하지 않았어. 지하실? 그 집에 그게 있다는 것도 몰랐어. 난 1층이나 지하실 거기를 꿈에서 처음 본 거야.

방금 뭐라고?

물론 동생 말처럼 꿈이 아직도 원리가 다 밝혀지진 않았지. 그래서 지금까지 내가 말했던 게 틀릴 수도 있지. 좋아. 거기까진 오케이. 자, 그럼. 이건 어떻게 설명할래?

있잖아, 그거. 그 집주인이랑 내 친구랑 둘이서 밥상을 손가락으로 두드리는 꿈. 그건 어떻게 설명할 거냐, 이거지. 그 진짜 집주인 그 사람이 젊었을 때 군대를 갔다 왔는데, 혹시 동생, 그 사람이 군대에 있었을 때 어떤 보직이었을지 짐작은 가?

그래. 그 설마가 맞아. 통신병이었대. 뭔가 느낌 오지? 친구 걔가 2004년에 통신 장교로 군에 있을 때 모스 부호를 알고 있었으니까, 진짜 집주인 그 사람이 군 생활을 했던 옛날 통신병들은 당연히 모스 부호를 배웠겠지? 또 그때까지 거기서 세 들어 산 사람 중에서 천장에서 쥐가 무슨 소리를 냈다는 경우는 나 한 사람 말고는 없었대. 밥상에다 모스 부호 두드리는 꿈을 꾼 경우도 나 한 사람이고. 생각하면 생각할수록 억울하게 죽은 사람의 귀신이 나한테 그런 꿈을 꾸게 한 거 같지 않아? 또 그런 식으로 계속 생각을 이어 나가 보자면? 내가 꿈에서 봤던 사람은 가짜 집주인이 아니라 억울하게 죽어서 지하에 묻혔던 진짜 집주인이겠지? 난 진짜 귀신은 없다고 생각하는 사람이야. 그래서 그 무당 패거리 말도 다 거짓말 같거든? 그런데 그때 겪었던 일을 돌이켜 보면 또 그게 아니라고. 동생은 귀신을 믿어?

그래? 동생은 믿는구나? 또 말하는 거지만 나는 그런 일들을 과학이나 상식으로 이해하려고 노력하는 사람이야. 지금은 밝혀지지 않은 것도 과학이나 상식이 발달한 나중엔 꼭 밝혀지겠지. 그래도 혹시나? 만약에 그때 겪었던 일과 비슷한 수준의 일을 또 겪게 되면, 그제야 귀신이 정말 있구나 믿겠는데, 아직까진 그런 일은 없었어.

어떻게 되긴. 무당 걔네는 싹 다 감옥 갔지. 그리고 나는 뭐, 네가 알고 있는 것처럼 그때 겪은 일 가지고 책 하나 썼고.

친구? 걔는 이제, 사실 범인을 잡은 건 걔 때문이 잖아. 걔는 국방일보에도 나왔어. 표창도 받고. 그 사건이 유명해져서 친구 걔한테 직접 찾아간 기자도 있었거든. 그 기자가 한 번이 아니라 여러 번 찾아갔어. 그 기자가 하필 여잔데.

그래, 맞아. 그때 어떻게 잘돼서 결혼하고 행복하게 살고 있지.

지금은 군인 관뒀어. 관둔 지 꽤 됐어.

뭐라고? 별? 동생이 잘 몰라서 그러는 거야. 사관학교 나왔다고 해서 무조건 다 별 달고 그러는 줄 알아? 물론 그 친구 성격에는 별 못 달아도 버틸 수 있을 때까지 계속 군인 할 놈이기는 한데.

왜 관두기는. 사랑 때문이지, 뭐. 그 친구랑 결혼한 그 마누라가 군인 하지 말고 자기랑 체인점이나 만들자고 꼬셨나 봐. 그래서 지금 그 친구 체인점 만들었어. 나도 가끔씩 본점 가 보는데 장사 잘돼.

그럼 당연하지. 동생 말처럼 군인 월급 모은 걸로는 그런 거 만드는 건 힘들지. 마누라랑 자기랑 해서 같이 모으고 모은 돈이랑 은행에서 대출도 받고 해서 만든 거지, 뭐. 내가 빌려준 돈도 있고. 걘 여자 잘 만났어. 성격이 좋아. 싹싹하고. 또 친구 걔가 의외로 공처가야. 그래서 딱히 내가 빌려준 돈을 못 받을 걱정은 안 돼.

속물이라니, 동생. 내가 얼마를 빌려줬는데. 단위가 억이야, 억. 몇억. 그래도 걔가 많이 갚기는 했네. 이제 3분의 1 남았다.

책? 그 책은 이제……. 그 책은 나왔을 땐 잘 팔렸지. 너도 우리 회사 사람들한테 들어서 알겠지만 그게 베스트셀러도 됐잖아. 실제 사건을 바탕으로 쓴 게 팔리는 데 도움이 됐지. 그런데 이걸 알아야 돼. 아무리 베스트셀러가 돼도 돈은 많이 못 벌어. 이건 진짜야. 나도 처음엔 당황했어. 원래 책이 그렇더라. 당연히 그때 그 소설로 번 돈이 적은 돈은 아니지. 다만, 베스트셀러의 이름값에 비하면 허탈감이 들 정도?

맞아. 영화 얘기도 오갔었지.

영화는 이제……. 제작을 하려고 계약까지 했는데

중간에 엎어졌지.

나도 몰라. 제작산가 투자잔가 아무튼 그쪽에서 갑자기 하기 싫다고 했대.

그래, 맞아. 동생 말처럼 그 뒤로 나는 쭉 이렇게 살고 있다.

글쎄다. 술이 들어가서 하는 말이지만, 지금은 다시 책을 쓰고 싶은 마음이 아예 없어. 물론 소설을 또 쓰려고 했지. 지금 이렇게 내가 아빠 회사 밑에 있는 협력 업체 사장으로 들어와서 이러고 앉아 있는 것도, 다른 책을 써 보려고 그랬던 거야.

진짜라니, 당연히 진짜지. 지금 상황에서 내가 거짓말을 하겠냐? 계획도 거창하게 세웠어. 대한민국의 열악한 근로 환경과 임금 문제 더 나아가 대한민국이 나아갈 방향을 어떻게, 주제로 해서 책을 쓰려고 했거든. 불철주야 애쓰는 산업 역군의 군상을 주인공으로 해서. 그러다가 1년이 지나고 2년이 지나고 3년이 지나다 보니까, 여기까지 세월이 흘러 버린 거지. 목표로 한 양으로 따지면 아마 5분의 2까지 쓰다가 말았을 거다. 제목도 안 정했어.

예민한 질문? 예민한 질문이 뭔데?

아. 그런 생각? 그런 생각이야 한 적이 있기는 있었지. 만약에 내가 낙하산 바지 사장이 아니라 처음부터 그냥 말단 현장직으로 일을 했다면 어땠을까, 그랬다면 좋은 소설을 결국엔 완성하지 않았을까. 방금 동생은, 내가 그런 종류의 생각을 해 봤느냐 그걸 물어본 거잖아.

어떻게 생각하기는 뭘 어떻게 생각해. 단순한 거 아니야? 결국 나도 현실에 굴복한 거지. 그래서 하는 말이지만. 지금 나는 동생 볼 때마다 참 대견하다. 뿌듯해. 너 혹시 구로사와 아키라 아냐? 일본 감독인데, 그 사람이 말년에 어떤 후배 감독한테 이렇게 말했대. 일본 영화를 부탁하네. 그런 것처럼 지금 내 심정이 그렇다.

무슨 말이기는. 꼭 여기서 더 부연 설명을 해야 돼? 너한테 좋은 소설 좀 쓰라고 부탁하고 있는 거잖아. 그만큼 넌 할 수 있을 거 같고.

그러게. 그런 거 같다. 이제 나도 늙었나 보다. 겨우 맥주 좀 마신 거 가지고 취했네.

부럽기는. 내가 뭐가 부럽냐. 난 그냥 운 좋게 돈 많은 부모 만나서 편하게 하루하루 똥만 만들면서 세월 보내는 거잖아. 원래 나도 지금 동생처럼 눈빛도 강하고 날씬했어, 그 책 쓸 때까지만 해도. 내가 그때보다 지금 한 20킬로는 쪘을 거다.

왜라니. 그냥 운동 같은 거 안 하고 밥이랑 나이만 먹으니까 이렇게 된 거지. 그리고 너도 대충 사람들한테 얘기 들어서 알겠지만 조만간 여기 공장을 파주나 일산으로 옮길 거잖아. 아니면 아예 중국으로 가 버릴 수도 있고. 난 그냥 지금 여기처럼 구로나 가산에 계속 있었으면 좋겠는데, 어쩌겠어. 젊은 사람들이 이런 일을 안 하려고 하는데. 이런 것처럼. 나는 언제 어디로 떠날지 모르는 팔자라고. 그런데 동생은 자기가 떠나고 싶으면 언제든 떠날 수 있는 팔자 아니야? 자기가 떠나기 싫은데 떠나는 거랑 자기가 떠나고 싶어서 떠나는 거는 엄연히 달라. 같은 역마살이래도 나는 팔려 가는 거고, 동생은 자유로운 거고.

무슨 말인지 몰라? 나보다는 동생이 차라리 낫다 이 말이지. 또 멋있고. 동생은 앞으로도 계속 소설 쓸 생각이잖아, 맞지?

그래, 시발. 그렇게 밀어붙여. 지금 당장은 세상이 동생을 모른다고 해도 동생은 아직 젊으니까. 시간은 충분해.

제목? 뭔 제목.

아, 내 책. 내 책 제목은 흉가.

그걸 사고 싶다고? 참나. 그걸 사서 뭐 하게. 어차피 못 살걸? 절판됐을 건데.

당연하지. 베스트셀러가 계속 베스트셀러냐? 그 책 나온 지가 언젠데. 사람들이 내 책을 아직도 기억할 거 같아? 만약에 내가 계속 책을 낸 작가면 절판이 안 됐겠지만 내가 이제까지 쓴 건 그거 하나니까 절판이 된 건 당연하지. 그러지 말고 그냥 내가 하나 줄게. 우리 집에 많아.

왜 돈을 줘?

그래? 그렇게 돈을 주고 사야 돼? 진짜 동생도 또라이구나. 절판이 돼서 못 구하는 책 그냥 주겠다는데 그걸 마다해? 아, 차라리 잘됐네. 어차피 살 거면 중고책으로 사면 되겠다. 검색해 봐. 중고책은 구할 수 있겠다. 그 책이 표지 색도 새카만 게 우중충해서 표지가 낡아 버리면 내용하고 분위기가 딱 맞아떨어질 거니까. 중고책이 오히려 낫겠다. 또 그래야 냄비 받침으로 쓰기도 좋고.

뭐 어때. 어차피 한 번 읽으면 끝나는 게 소설 아니야? 한 번 읽은 걸 또 읽는 사람이 있나? 그나저나 맥주를 이렇게 마셨더니 오줌 마렵다, 야. 나 잠깐 화장실 좀 갔다 올게. 혹시 너 맥주 더 마실래?

그래? 그럼 딱 2병만 시킬까?

아. 1병이 남아 있었구나. 그럼 1병만 더 시켜서 그것까지 먹고 일어나자. 이건 내가 계산할 거니까 돈 걱정은 하지 말고.

뭘 네가 사. 내가 명색이 사장인데 내가 계산해야지. 넌 그냥 다음 주에도 알바 나오면 돼.

뭘 이번 주까지만 해. 기왕 하는 거 다음 주까지 해서 한 달 목돈 만들면 좋잖아.

생각할 게 뭐가 있어. 너처럼 일 잘하는 애가 없어서 그러는 거야. 너 다음 주에 나오는 걸로 알고 있을 테니까 그렇게 알아.

저기, 사장님? 맥주 1병만 더 주세요.

아무튼 난 화장실 간다.

　　옛날 프로그램 중에 토요미스터리 극장이 있었거든요. 어렸을 때 공부는 안 해도 그건 꼭 챙겨 봤어요. 그 프로그램에선 항상 사회를 맡은 전무송 할아버지가 짧은 이야기를 하나 해 주면서 시작을 했는데, 그 프로그램에는 일종의 애피타이저가 있었던 셈이죠. 저는 그 프로그램에서 그 애피타이저가 마음에 들었어요. 그중에서 아직도 기억에 생생한 건 1800년도 미국에서 벌어진 일로, 어떤 사람이 새로 구한 집에 살고 있는데 자꾸 창문 두드리는 소리가 들렸고 처음엔 무시했지만 어느 날 문득 그게 모스 부호구나, 깨달았다는 겁니다. 해석을 해 봤더니 무슨, 그 집 지하실에 살해당한 시체가 있다는 내용이었다네요. 수십 년이 지난 지금도 저는 집에 혼자 있을 때 알 수 없는 소리가 들리면 그 이야기가 생각이 나곤 합니다. 아무튼 전무송 할아버지의 그 5분 남짓한 이야기에 살을 붙여 본 게 이 단편인데, 이걸 거의 다 써 놓고 보니 이상하게도 재미가 없더라고요. 그렇다고 포기하기엔 아까웠고 그래서 택한 게 이런 서술 방식입니다. 혹시 스티븐 킹 그 선배의 돌로레스 클레이본을 읽어 봤는지는 모르겠지만, 바로 그 작품이 이런 방식으로 밀고 나가고, 그걸 처음 읽었을 때 내용보다는 이런 방식 때문에 재미가 있었던 전데요. 제가 이 단편에서 노린 것도 바로 그겁니다. 이걸 완성한 덕에, 뭐랄까, 이제부턴 집에 혼자 있을 때 알 수 없는 소리가 들려도 괜찮을 거 같네요. 귀신 쫓는 주문처럼 이렇게 외칠 수 있으니까요. 얀마, 이게 내 스키다시다.

다섯 번째 이야기

[빨간 산타 모자]

.

　설악산을 갔던 그때, 나는 슬기를 태운 채 미사대교로 한강을 건넜다. 그런 다음 서울춘천고속도로를 따라서 갔고, 서종대교로 북한강을 건너 설악면으로 갔다. 그렇게 설악면을 지나 남면으로 들어갈 즈음 우린 그 안개와 마주치고 말았다.

　안개는 자연 현상이다. 자연 현상은 자연스러워야 한다. 하지만 그 안개는 자연스럽지가 않았다.

　인터넷 지도를 찾아보면 알겠지만 경기도 설악면과 강원도 남면의 경계가 되는 그 부분에는 어떻게 딱 강 하나가 흐르는데 그때 우리가 그 강을 넘어가기 전까지는 안개가 하나도 없었지만 그 강 너머부터는 안개가 자욱했다는 말이다. 마치 설악면과 남면을 정확히 나누기라도 하는 것처럼.

자연 현상이 과연 자로 잰 것처럼 그럴 수 있을까. 이상한 건 또 있었다.

그 안개가 얼마나 자욱한지 다리를 건너 안개 속으로 들어가는 순간 전봇대 두 칸 거리 정도밖에 보이지 않았다. 그래서 내가 차를 세우고 만 것이다. 만약에 옆에 있던 슬기가 다그치지 않았다면 난 멍하니 운전대만 붙잡고 있었겠지.

"야, 이 기집애야. 그래도 그렇지 여기서 차를 세우냐? 일단 가, 빨리 가라니까?"

슬기가 그렇게 말했던 건 당연했다. 우리 뒤에 있던 차가 경적을 내질렀으니까. 이어서 그런 차들은 둘 셋 넷 다섯으로 계속 늘어났다.

나는 다시 차를 몰았지만 바로 뒤에 있던 차는 내 속도가 마음에 안 들었는지 우릴 추월해 버렸다.

내 속도가 마음에 안 들기는 슬기도 마찬가지였다. 이렇게 말했기 때문이다. "야, 이런 데서 20이 뭐야 20이? 40까지 밟아도 되잖아."

우릴 추월했던 차들도 그렇고 슬기도 그렇고 속도를 내지 않는 나를 이해할 수 없었겠지만, 그건 나도 마찬가지였다. 아니, 어떻게 된 게 안개가 자욱한데 속도를 내고, 또 내라고 말할 수 있는 건지. 그런 안개일수록 조심하고 또 조심해야 하는 법이다.

그럼에도 슬기는 속도를 내라고 보챘다. 나 역시 속도를 낼 수 없다고 버텼다. 그러다 어느 순간 우리는 목소리가 높아졌고 마침내 나는 슬기에게 조용히 좀 하라며 소리를 꽥 지르고 말았다.

사실 슬기는 그 자리에서 생긴 섭섭함과 아쉬움을 바로 말한다. 내가 다 부러울 정도로 맞대응을 잘한다. 그런데도 슬기는 아무런 말도 하지 않았다. 이유가 있었다. 그땐 내가 만나고 있던 남자와 헤어진 상태였다.

아니, 입은 삐뚤어져도 말은 똑바로 하라고. 그렇다. 그때 난 만나던 남자한테 차였다.

그랬던 나를 위로한답시고 슬기가 억지로 끌고 왔던 것이다. 그 2박 3일 설악산 여행으로. 슬기가 장롱면허였기에 그때 운전을 한 게 나였다는 사실이 어이가 없긴 하지만…….

어쨌거나 내가 성질을 낸 뒤부터 서로 아무 말도 없지, 안개 때문에 속도는 못 내지, 어색하고 답답하기만 한 분위기가 길어지는 거 같았다.

나는 무슨 말이라도 해 보려고 했지만 먼저 말을 꺼낸 건 슬기였다. "맞다. 일기 예보에서 이렇게 안개가 낀다고 그랬냐? 디엠비나 틀어 볼까?"

그때까지만 해도 시중에 출시된 휴대전화에는 디엠비 기능이 있었고 그 기능 때문에 운전 중 사고가 일어나는 경우가 있을 정도였다. 난 말할 수밖에 없었다. "디엠비? 시끄럽게 그걸 꼭 틀어야 돼?"

"일기 예보만 잠깐 보고 끄면 되잖아."

"지금 그거 튼다고 해서 일기 예보가 딱 나와? 날씨 그런 건 그냥 휴대전화로 검색하면 되잖아."

"지금 그게 안 됩니다요, 공주마마."

"뭐라고?"

"폰 인터넷이 안 된다고. 내가 안 해 봤겠니? 그런데 인터넷은 그렇다 쳐도 어떻게 이것도 안 되냐?"

"뭐가 또 안 되는데?"

"뭐기는 디엠비지. 지금 폰이 인터넷도 안 되고 디엠비도 안 돼."

그 말을 듣고 기분이 묘했다. 인터넷도 안 되고 디엠비도 안 되고. 이 모든 것의 원인이 안개가 아닐까 하는 생각이 들었다. 난 제발 그런 게 아니기를 바라면서 말해 봤다. "설마 안개 때문에 그러는 건 아니겠지?"

"그럴 수도 있어."

"뭐?"

"만약에 그냥 인터넷도 안 되고 디엠비도 안 되는 거면 나도 아무 말 안 하지. 그런데 아예 폰이 안 되고 있어. 전화도 안 돼."

"그건 또 무슨 말이야?"

"무슨 말이기는 기집애야. 이 폰이 기계 자체가 먹통이라고. 이것 좀 봐."

슬기는 나에게 휴대전화 화면을 보여 줬다. 화면에는 딱 이런 문구가 떠 있었다. '등록되지 않은 전화번호입니다. 고객 센터에 문의해 주세요.'

히터를 틀었는데도 불구하고 소름이 돋았다. 난 차를 세우고 싶었고, 정말 세웠다.

내가 겁이 많은 건 사실이다. 그러나 갑자기 멀쩡하던 휴대전화가 안 되다니 참 이상한 일이었다. 이상하리만치 자욱한 안개 그리고 영문을 알 수 없는 전자 기기의 불능. 아무리 봐도 그 두 개는 전조 증상이었다. 금방이라도 무슨 일이 생길 것만 같은 전조 증상.

슬기가 내 어깨를 때리지 않았다면 난 그대로 멍하니 있었을 것이다. "야, 그렇다고 또 차를 세우냐? 내가 장난친 거니까 빨리 가."

"장난?"

"장난 좀 친 거야. 그러니까 빨리 가라니까? 뒤에 또 차들 난리 났잖아."

슬기는 내 쪽으로 발을 뻗어 액셀을 밟으려고까지 했다. 나는 슬기의 발을 막아 내면서도 슬기에게 무슨 장난을 친 건지를 물어봤고, 그사이 우리 뒤에 있던 차들은 차례대로 우릴 추월해 버렸다.

결국 도로에 우리 둘만 덩그러니 남게 됐다. 안개가 자욱한 그곳에.

무서웠다. 그냥 무섭기만 했다. 그래도 갓길에 차를 댈 정신은 남아 있어서 망정이지…….

한편 그날 슬기는 빨간색에 하얀 뭉치가 달린 산타클로스 모자를 쓰고 왔는데 바로 그걸 부둥켜안고 웃고 있었다.

"슬기야. 무슨 장난인데 그래?" 내가 이렇게 말했

지만 소용없었다.

 슬기는 웃기만 했다. 다 웃는 데까진 한참이나 걸렸다.

 슬기의 장난은 이런 거였다. 지금은 휴대전화를 바꾸는 일이 하도 많으니 등록되지 않은 전화번호입니다. 고객 센터에 문의해 주세요, 그 문구를 누구나 알고 있을 것이다. 그러니까 슬기가 가지고 있던 휴대전화는 공기계였다. 평상시에 그런 문구를 봤다면 나는 하나도 놀라지 않았을 테지만 그런 안개 속에서 운전을 하는 바람에 겁을 먹은 탓에 나도 모르게 놀라서 무서웠던 것이다.

 그런데 잠깐 생각해 보니 뭔가 이상하기는 했다. 왜냐하면 그날 아침까지 슬기의 휴대전화는 통화가 됐었다. 그래서 그걸 물어봤더니…….

 "내가 이 폰을 인터넷으로 바꿨거든. 오늘 중에 전화가 끊어진다고 했는데 딱 방금 끊어진 거지. 내일이 토요일이라 아마 다음 주 월요일에나 폰이 올 거야."

 "아니, 그건 그렇다 치고. 왜 공기계를 가지고 다녀?"

 "왜? 시간은 볼 수 있잖아. 알람도 되고. 또 아무것도 안 가지고 다니면 뭔가 허전하잖니."

"그래도 그렇지. 어떻게 그런 장난을 쳐?"

"난 네가 이렇게 무서워할 줄은 몰랐지. 뭐가 그렇게 심각해, 장난 좀 친 거 가지고. 아무튼 안 가고 뭐 해? 우리 빨리 가자."

나는 대답하는 대신 내 휴대전화 화면을 들이밀어 버렸다. 알고 보니 내 휴대전화에도 그 문구가 떠 있었다.

"뭐야. 너도 폰 바꿨냐?"

"아니."

"뭐가 또 아니래?"

"이거 약정 1년이나 남았어."

"요금 미납된 건 없고?"

"그런 거 없어. 그리고 이런 건 요금을 안 냈다고 뜨는 게 아니잖아."

"그건 그렇지. 너 정말 폰 안 바꿨다고?"

"그렇다니까."

"그럼. 폰 좀 줘 볼래?"

슬기는 내 휴대전화를 이리 만져도 보고 저리 눌러도 보며 하고 싶은 대로 다 하더니 돌려줬다. 그러고 나서 슬기는 아무 말도 하지 않았다.

"슬기야, 그냥 우리 집에 가자."

"뭐? 지금 여기서?"

"그래. 난 분명 약정이 1년이나 남았어. 그런데 이런 게 뜰 이유가 없잖아. 뭔가 예감이 이상해. 그러니까 우리 그냥 집에 가자."

"그냥 주변에 산이 많아서 그런 거겠지."

"아니야. 분명 이 안개 때문일 거야." 내가 이렇게 말했더니 슬기가 웃음을 짓는 거였다. "뭐야, 방금 그 웃음은?"

"인경아. 그러니까 넌 귀신 뭐 그런 걸 생각하고 있는 거잖아. 맞지?"

난 아무 말도 할 수가 없었다. 슬기의 말이 맞았으니까.

"내 말이 맞네. 누가 공주님 아니랄까 봐. 세상에 귀신이 어디에 있다고 그래?"

"그러지 말고. 우리 그냥 집에 가자."

"솔직히 지금 나도 설악산은 다음에 갈까 생각 중이야. 안개도 안개지만 지금 시간이 8시거든? 이럴 줄 알았으면 아침 일찍 출발하는 건데."

"생각만 하지 말고. 진짜 다음에 오면 안 될까?"

"생각해 봐. 너랑 나랑 알바 겨우 해서 모으고 모은 돈으로 이렇게 차도 빌리고 펜션까지 예약한 거잖아. 그 돈이 아까워서라도 설악산 가야지."

"지금 돈이 중요해? 죽는 것보다 낫지."

"죽기는 누가 죽어?"

"나 무서워."

"하긴 안개는 그렇다 쳐도 해가 져서 문제다. 너무 앞이 안 보이는데?"

"그러니까 집에 가자."

"그럼, 인경아. 우리 이렇게 하자."

"어떻게."

"여기서 좀만 더 가면 시내가 있거든. 거기로 가자 일단."

"시내가 있는 걸 네가 어떻게 알아?"

"내가 고향이 여기잖아. 고등학교 때 서울로 이사를 왔다고 내가 몇 번이나 말을 했는데. 너는 그게 하나도 기억이 안 나니, 이년아?"

그제야 기억이 났다······.

"여기서 조금만 가면 강촌이라고 있어."

"얼마나 가면 되는데?"

"진짜 조금이야. 진짜로 조금. 그냥 여기서 눈 딱 감고 직진으로 가다 보면 국도로 빠질 수가 있거든? 바로 그 국도 따라서 계속 가면 강촌 거기가 나와. 거기에 지하철도 지나가. 그게 강촌역이야. 거긴 사람들도 좀 살고."

"거기 가서 뭘 할 건데?"

"밥부터 먹어야지. 지금 귀신이 아니라 배가 고파서 죽겠다, 이년아. 거기서 뭐 먹으면서 설악산을 갈지 안 갈지 생각하자, 그럼."

"지금 이 상황에서 밥이 넘어가?"

"지금 넌 이렇게 생각하고 있지? 안개 때문에 폰이 안 되고 있다. 그리고 이 안개를 조종하는 건 귀신이다. 내 말이 맞지?"

난 대답을 하지 않았다.

"네 생각이 얼마나 웃긴 줄은 아냐. 당연히 나도 이 안개가 보통이 아니라고 생각이 드는데. 이 안개가 진짜 이상한 안개면 말이 안 되는 게 있어."

"그게 뭔데?"

"이 차는 어떻게 설명할 건데? 왜 이 차는 멀쩡하냐고. 이제까지 잘만 가고 있잖아."

그러고 보니 그랬다.

"내가 이 안개를 조종하는 귀신이면, 우리가 지금 타고 있는 이 똥차를 안 굴러가게 할 거다. 그게 당연한 거 아닐까? 귀신이면 그 정도 능력은 돼야지."

그랬다. 슬기 말이 맞았다.

"지금처럼 폰만 안 되는 건, 그냥 주변에 산이 많고 높아서 그러는 거 아닐까? 도대체 이게 뭐가 무섭다는 거지? 오히려 안개도 끼고 밤이라서 사고가 날까 봐 무서워하는 게 맞지. 그러니까 빨리 좀 가자. 갓길에다 차 세워 놓고 이게 뭐 하는 짓이냐고, 지금."

난 아무 말을 할 수가 없었다.

"봐. 너도 생각해 보니까 내 말이 맞는 거 같지?" 슬기는 내 대답을 기다렸다. 그러다 산타클로스 모자를 쓰더니 명령을 내렸다. "자, 출발."

"출발? 어디로?"

"시발, 어디기는. 강촌역이지 어디긴 어디야. 여기서 조금만 가다 보면 국도로 빠지는 길이 나온다고 좀 전에 내가 그랬잖아. 그 국도를 따라서 쭉 가면……."

"알았어, 알았어. 네 말이 무슨 말인지 알았어."

"좋아. 출발."

가로등이 없었던 건지 아니면 안개가 가로등 불빛까지 삼킨 건지. 내가 의지할 건 전조등 말고는 없었다. 전조등이 아니었다면 말 그대로 한 치 앞도 안 보였을 것이다. 그런데 신기한 건 그런 안개 속에서 차를 몰다 보니 그런 안개에도 적응이 됐다는 점이다. 완전히 안 보이는 건 또 아니었기에 그럴 수 있었던 거 같다. 마침 중간에 터널도 있었다. 그 터널로 들어가는 순간 우릴 추월했던 차들이 왜 빨리 사라졌던 건지를 알게 됐다. 터널에는 안개가 없었고, 터널은 연이어 세 개나 됐다.

한동안 시원하게 밟을 수 있었다.

슬기가 말했던 강촌으로 빠지는 그 국도를 곧 만날 수 있었다. 그리고 거기서부터 안개가 사라져 버렸다. 점점 옅어지다가 사라진 게 아니라 그 국도로 이르는 순간 순식간에 사라졌다는 말이다.

나는 안개가 사라졌다는 말을 되풀이했고, 슬기는 호들갑 떨지 말라며 날 계속 타일렀는데, 슬기는 내 휴대전화로 통화까지 했다. 예약한 펜션에는 지금 가고 있다고 말했고, 지기 엄마에게는 설악산에 잘

가고 있다고 말했다.

그렇게 통화가 끝난 뒤, 내가 말했다. "슬기야. 내 생각이 맞지? 안개 때문에 폰이 안 됐던 거 같아."

"안개 때문이 아니지."

"지금 보고도 몰라? 아까까지 안 된 전화가 지금은 되잖아. 그런데도 아니라고?"

"아까는 주변에 산이 많아서 그랬던 거겠지, 뭐. 지금 여기 봐. 여긴 산이 하나도 없잖아."

그건 정말이었다. 그 국도 길엔 산이 하나도 없었다. 사방이 논이었다. 벌판이었다. 아무리 생각해 봐도 휴대전화가 먹통이었던 이유가 안개 같았지만, 그런 나의 생각을 슬기에게 입증할 수 없게 된 것이다…….

"그래도 인경아, 잘된 거 아니야? 지금 폰이 잘 되고 또 안개도 없어졌잖아. 이제 강촌역으로 가면 되는 거잖아."

"그렇긴 한데. 아무리 생각을 해도……."

"내가 말했지. 귀신은 없다고. 그냥 우리 똥 밟았다 생각하자."

"그래도 이상하잖아."

"모르겠고. 이제부터 귀신 얘기는 꺼내지 마. 알았어? 여기서 끝."

"아니야, 슬기야. 정말 이상하다니까."

"나 지금 화나려고 한다. 너 그때 퇴원하고 나서 나한테 볼기짝 맞은 거 벌써 잊었니? 그때처럼 나한테 또 맞을래? 그러니까 이제 그만해."

슬기 성격이 그렇다. 나중에 후회하더라도 일단 저지른다. 슬기는 정말 보통이 아니다.

강촌으로 가는 길은 사방이 논이어서 가도 가도 그게 그거 같은 도로였고, 슬기가 조금만 가면 도착한다고 말했던 것과 달리 그러지도 않았다. 과연 지하철역이 있는 그런 곳이 있기는 한 건지. 슬기에게 몇 번을 물어봤는지 모른다. 그때마다 슬기는 잘 가고 있다며 꼬박꼬박 대답을 해 주었는데, 나는 불안하면 계속 확인을 하는 성격이라 계속 물어봤다. 바로 그게 거슬렸던 건지, 슬기는 지름길이 있다고 말했다.

"지름길?"

"네가 자꾸 빨리 가고 싶어 하니까 어쩔 수 없잖아. 아무튼 좋은 데로 가는 지름길이니까. 거기로 가자."

"좋은 데?"

"이 길 따라 쭉 가다 보면 산길로 통하는 곳이 하나 나오거든."

"산길?"

"산을 가자는 게 아니고, 봉우리 하나만 넘어가자는 거야."

"가로지르자는 건가?"

"그렇지. 그 봉우리 하나를 넘으면 바로 강촌역이 나와. 시간을 반이나 절약할 수 있어."

"그러니까 고갯길을 말하는 거잖아."

"그렇지."

"네가 여기서 살았던 사람이 맞기는 맞나 보네. 그런 길도 아는 거 보니까."

"이게 뭐 대단한 거라고. 빨리 가자. 배고프다."

드디어 그 산길로 접어들었을 그때 표지판 하나가 보였다. 그 표지판엔 도로의 경사가 16%라고 적혀 있었다. 정말 16%로 경사진 2차선 도로였고, 포장된 그 도로가 끝이 나자 말 그대로 산길이 시작되었다. 양쪽 가장자리를 따라 나무와 수풀이 늘어서 있고 자동차가 하도 지나가는 바람에 가운데만 풀이 주욱 남아 있는 그런 길 말이다. 자갈이나 돌이 거의 없어 차를 모는 데 문제 될 건 없었다. 그런데…….

다시 안개를 만나고 말았다.

실은 그 산길로 들어설 때부터 안개가 있기는 있었다. 그러다 산길을 들어가면 갈수록, 그 산을 오르면 오를수록, 안개가 짙어졌던 것이다. 어느새 앞이 잘 안 보이게 됐다.

난 안개 얘기를 꺼낼 수밖에 없었다.

"뭐 어때." 슬기는 이렇게 말했다. "이 정도면 아까보다는 낫잖아."

그건 맞았다. 처음 만났던 그 안개만큼 짙지는 않았으니까. 하지만 그건 처음에 만났던 안개와 비교했을 때의 사정이고, 안개는 안개였다. 앞이 잘 안 보이기는 매한가지였다. 산길에서 그것도 깊은 밤에 안개를 마주하며 아까보다는 낫잖아, 이런 말을 할 사람은 어디에도 없지 않을까 한다.

내가 말했다. "슬기야. 그런데 진짜로 이 길로 가면 강촌역이 나와?"

"아까 말했잖아. 이 길이 봉우리 하나를 오르는 거라고. 이 봉우리만 넘으면 돼."

그즈음 되니 16% 되는 경사가 끝이 나기도 했다. 나는 그때야 비로소 우리가 봉우리 꼭대기에 올랐다고 생각했고 그러니 이제부턴 내리막길이겠지, 그런 줄 알았다.

"아니야, 인경아. 이제 시작이야."

"뭐? 이제 시작이라고?"

"이건 그냥 언덕을 하나 넘은 거야. 봉우리 넘으려면 한참 더 가야 돼."

"이 산길이 그렇게 길어?"

"그럼. 좋은 데 가는 게 그렇게 쉬운 줄 알아?"

"좋은 데?"

"좋은 방법. 좋은 방법이 꼭 쉬운 건 아니다, 그 얘기지."

"그런데 슬기야. 안개가 이상하지 않아?" 정말이었다. 어느새 전조등이 닿는 곳까지만 보였다. "안개가 계속 짙어지는 거 같아."

"괜찮아. 다 왔어. 조금만 더 가면 돼."

"조금만 더 가면 된다고? 조금 전에는 이제 시작이라고 했잖아."

슬기는 이 말에 대답하지 않았는데, 솔직히 나는

그런 걸 신경 쓸 겨를이 없었다. 갈림길이 많아 운전하기가 너무 복잡했다. 그래서 갈림길이 나오면 그때마다 차를 세운 뒤 슬기가 왼쪽으로 가라면 왼쪽으로 가고, 오른쪽으로 가라면 오른쪽으로 가고 그랬다. 그리고 슬기가 가라는 대로 가면 갈수록 어째…….

"슬기야. 우리가 지금 등산로로 가고 있는 거 같은데? 사람들 다니는 데로. 아니야?"

그랬다. 정신을 차리고 보니 어느새 차가 겨우 빠져나갈 정도로 길이 좁아져 버렸다. 나뭇가지나 수풀이 차 유리에 닿을 정도였다. 중요한 건 그것을 소리로 느꼈다는 거다. 그 정도로 안개가 짙었다. 지금 생각해 봐도 내가 대단한 게, 길도 그랬고 안개까지 그랬는데도 나는 계속 차를 몰았다. 심한 안개를 이미 경험해서 그랬던 건지, 아니면 흔히 말하는 것처럼 귀신한테 홀려서 그랬던 건지, 뭐가 진짠지는 모르겠지만 말이다.

또 이상했던 게 뭐냐면, 안개 때문에 안 보이는데도 슬기는, 이제 여기서 오른쪽으로 가면 돼, 저기선 왼쪽으로 가면 돼, 이렇듯 잘도 안내했다. 그러다 마침내…….

"인경아. 이제 이 언덕만 넘으면 돼."

"뭐? 언덕?"

갑자기 차가 솟구치고 만 것이다. 슬기의 말처럼 정말 언덕이 있었고 그 언덕이 시작되는 지점과 차의 앞바퀴가 부딪친 거였다. 거기까지가 되자 운전석에 앉아 있는 게 아니라 운전대에 매달린 꼴이었다. 경사가 그만큼 가팔랐다.

"인경아, 왜 멈춰?" 슬기가 말했다. "계속 가. 이제 여기만 올라가면 돼. 여기만 올라가면 이제 내리막이야. 내려가는 건 쉬우니까 밟아, 빨리."

그때 나는 짜증이 나 있었다. 운전도 안 하는 주제에 자꾸 나에게 이상한 길로 가라고만 하는 슬기가 얄미웠다. 난 이렇게 말했다. "야, 여기가 이따위로 생겼는데 어떻게 밟아? 너 같으면 이런 데서 운전 제대로 할 수 있겠어?"

그리고 이때였다. 그 지름길로 들어선 이후 처음으로 슬기를 쳐다본 게. 알고 보니 슬기는 자고 있었다. 그때까지 나에게 길을 알려 준 건 슬기가 아니었다. 그럼, 그때까지 누가 길을 알려 준 거냐고?

다른 건 모르겠고, 일단 그 조그마한 사람이 벌거 벗었던 건 확실하다. 그건 또 무슨 말이냐고?

말 그대로, 그때까지 나한테 길을 알려 주고 있었던 건 벌거벗은 조그마한 사람이었다.

지금이니까 하는 말이지만, 거리에서 남자들이 꼭 한번은 쳐다볼 정도로 슬기는 가슴이 크다. 그때 슬기는 입고 있던 항공 점퍼의 지퍼를 반쯤 열어 놓았는데, 바로 거기에다 머리를 벤 채 양반다리로 앉아 있었다. 그 조그마한 사람이. 크기가 태어난 지 얼마 안 된 아기 정도? 그런데 얼굴과 몸은 쭈글쭈글한 게 무슨 할아버지처럼 생겨서 내가 그걸 조그마한 아기가 아니라 조그마한 사람이라고 하는 것이다.

영화나 드라마에서 배우들이 놀란 모습을 연기할 때 그냥 입만 벌리고 있는 경우가 있다. 그때 내가 그랬다. 사람이 정말 놀라면, 정말로 벌어진 입이 다물어지지 않는다.

그 조그마한 사람은 내가 쳐다보고 있는 걸 느꼈던 거 같다. 어느 순간 슥 날 쳐다봤다. 그러더니 히죽 웃었다. 조그마한 입속에 숨어 있던 이가 드러나는 순간이었고 죄다 여기저기로 뒤틀려 있었다.

그 추악한 치열로 말했다. 그것도 슬기의 목소리로. "뭐야. 들켰네. 에이, 아깝다." 그러고는 문을 열고 나가 버렸다.

남은 건 시동이 걸린 차와 세상모르고 자는 슬기와 차가운 강원도의 날씨였다.

내가 얼마나 멍하니 있었는지는 모르겠다. 짧은 시간은 아니었다. 나중엔 슬기가 추워서 잠에서 깰 정도였다. 슬기는 여기가 어디냐고, 왜 우리가 이런 곳에 있는 거냐고 물었다. 나는 설명을 했지만……

믿지 않았다.

내 말을 중간중간 끊으면서 다 듣지도 않았다. 세상에 귀신이 어디에 있냐, 너 정말 미친 거 같다, 급기야 차 밖으로 나가 버렸다. 이미 안개는 거짓말처럼 사라진 뒤였고, 어딜 가나 했더니, 슬기는 전조등 빛을 등진 채 수풀을 헤치며 위로 올라갔다.

잠시 후, 차로 돌아온 슬기는 내 쪽으로 오더니 창문을 내리라고 했다. 창문을 내리자 이렇게 말하는 거였다. "인경아. 예전부터 네가 이상해진 건 느끼고 있었는데. 지금 보니까 아니야. 넌 이상해진 게 아니라 그냥 미친 거야. 그 새끼랑 헤어진 뒤로 너 정말

머리가 어떻게 된 게 맞아. 어떻게 이런 곳으로 차를 끌고 와?"

슬기의 말을 듣다 보니 나도 궁금했다. 대체 여기가 어딘지.

문을 열고 나갔다. 정말 10미터라 확신할 수는 없지만, 수풀을 헤치며 넘어지기도 하며 아무튼 그 정도 거리를 올라간 나다. 그랬더니 낭떠러지가 기다리고 있었다. 4인승 승용차 한 대가 깔끔하게 떨어지기에 안성맞춤인 낭떠러지가.

어두워서 안 보였다. 얼마나 높은지 알 수 없었다. 하지만 까마득해서 아찔한 건 느낄 수 있었다.

내가 다시 차로 갔더니 슬기가 말했다. "인경아. 네가 그때 자살하려고 한 것까지는 이해하겠어. 그래도 이건 아니잖아. 어떻게 이번에는 나까지 죽이려고 해? 죽으려면 곱게 너 혼자만 죽으면 되잖아."

그 말을 듣고 얼마나 황당하던지.

내가 그 남자한테 차이고 나서 힘이 든 나머지 자살을 시도했고 그러다 운 좋게 살아 병원에 입원한 걸 슬기는 어떻게 그렇게 연결을 지었다.

그래도 맞아떨어지기는 하다.

'실연의 슬픔을 극복하지 못한 채 친한 친구와 놀러 가던 중 끝내 안타까운 선택을 하고 만 여자. 그 여자는 친한 그 친구까지 덤으로 데리고 갔다. 안 그래도 그 여자는 이미 자살을 시도했다가 실패한 경험이 있다.'

내가 끝까지 차를 몰아 낭떠러지로 떨어졌다면 사람들은 그냥, '그랬구나.' 생각하고 끝냈겠지. 슬기의 말처럼 세상에 귀신은 없으니까.

슬기는 이대로 차를 세워 놓는 건 아니라고 했다. 그래서 나는 차로 들어가 봤지만, 차를 움직일 수가 없었다. 자꾸 바퀴가 헛돌았다. 누가 차를 밀어 줘야 했다. 그렇다고 밖에서 구경만 하는 슬기에게 부탁할 엄두는 나지 않았다.

나는 119를 불러야겠다고 말했다. 그랬더니 슬기는 119가 아니라 112를 불러야 하는 거 아니냐고 했다. 나는 아까 말했던 게 사실이라고, 거짓말이 아니라고 했지만, 슬기는 짜증을 내더니 말했다. "시발, 그럼 119 불러, 119."

나와 통화하던 119 아저씨는 강촌에 있는 산이라고만 하면 어떻게 알겠냐면서 정확한 위치를 알려 달라고만 했는데, 답답한 건 나도 마찬가지였다. 솔직히 거기가 어딘지를 알아야지.

  헬리콥터가 있어서 다행이었다.

  우리가 전조등을 켜 놓고 있으면 헬리콥터가 그걸 보고 우릴 찾을 것이고 그런 다음 구조대를 보내 준다고 했던 것이다. 실제로 먼저 온 건 구조대였지만 말이다. 안 그래도 내가 물어보기도 했다. 어떻게 구조대가 먼저 온 건지. 아저씨가 말하길, 헬리콥터는 진작 우릴 발견하고 떠났다고 했다. 거리가 너무 멀면 그 시끄러운 헬리콥터 소리도 들리지 않는다고 한다.

  원래가 그런 거란다.

  아저씨들이 차를 몇 번 이리 밀고 저리 밀어 줬더니 바퀴가 헛도는 건 그냥 해결이 됐다. 승용차를 돌릴 공간이 없어 후진으로 차를 몰아야 했고 아저씨들은 앞에 타고 나와 슬기는 뒤에 탄 채 산을 내려와야 했다.

  그렇게 내려오고 있을 때 아저씨들이 물었다. 자기들도 산 밑에다 구급차를 놔두고 걸어서 올라왔을 정돈데, 어떻게 이런 데로 차를 몰고 올 생각을 다 한 거냐고.

우리는 아무 말도 하지 않았고, 그러자 아저씨들은 다른 걸 물어봤다. 길을 잃었다고 했는데, 원래는 어디를 가려고 했던 거냐고.

슬기가 강촌역이라고 하자, 아저씨들은 정색을 하더니 아무 말도 하지 않았다. 그 정색이 어찌나 진지하던지 내가 다 오싹할 정도였다.

아저씨들이 말하길, 우리가 차를 잘못 몰아도 한참이나 잘못 몬 거라고 했다. 애초에 우리가 가려고 했던 강촌역은 서울춘천고속도로에서 국도로 빠지는 그 지점에서 북쪽 방향이었다. 반면 나는 남쪽으로 차를 몰아 좌방산으로 갔던 것이다. 강촌역과 좌방산은 서로가 북쪽과 남쪽으로 극과 극으로 떨어진 곳이다.

아저씨들은 우리를 강촌역 주변에 있는 숙박업소에 내려 주기도 했다. 그리고 떠나기 전에 덧붙였다. 길을 모르면 내비게이션을 켜라, 신고할 거면 제대로 해라, 다음엔 이런 일로 119 인력을 낭비하지 마라.

결국 꾸중이었다.

그때가 밤 12시를 훌쩍 넘긴 시간이었다. 나와 슬

기는 따로 방을 잡았다.

이튿날.

문을 두드린 뒤 내 방으로 들어온 슬기였다. 나는 잠을 편히 잔 건 아니었다. 설치고 설치다 겨우 잠이 든 건데, 보아하니 슬기도 그래 보였다.

자리를 잡고 앉은 슬기는 먼저 한숨을 내쉬었다. 그런 뒤 말했다. "인경아, 이거부터 물어볼게."

"뭘."

"너, 나 데리고 죽으려고 한 거야?"

"아니야."

"그럼, 네가 한 말이 진짜라고?"

"만약에 내 말이 진짜가 아니면 슬기야. 강원도를 처음 와 보는 내가 어떻게 거기까지 차를 몰 수 있었겠어. 그렇잖아."

"나도 고향이 여기지만 그런 나도 좌방산 거기를 듣기만 했지 가 본 적은 없어. 어떻게 그런 데로 차를 몰고 갈 생각을 한 거냐고, 도대체."

"난 가라는 대로 간 거밖에는 없어. 진짜야."

"인경아. 만약에 네 말이 거짓말이면 결국 넌 살인미수야."

"슬기야, 난 가라는 대로 갔어. 지름길이 있다고 해서 그래서 난 지름길로 간 거야."

"나는 자고 있었는데? 그럼, 누가 지름길로 가라고 한 건데?"

"그래. 넌 자고 있었지. 그러니까 네 위에 앉아 있던 그 조그마한 사람이 가라는 대로 간 거야, 난."

"인경아. 지금 네 말을 누가 믿겠냐? 아까 보니까 넌 잘만 잔 거 같은데, 난 한숨도 못 잤어. 왜냐면 나는 널 믿으니까."

"안 믿고 있잖아."

"아니지, 그게 아니지. 인경아. 나는 널 믿어."

"그럼, 왜 그래? 자꾸 왜 그러는 건데?" 이렇게 말한 나는 답답하고 짜증이 나서 슬기를 똑바로 쳐다볼 수밖에 없었다.

그런데 슬기는 내가 다 당황할 정도로 눈을 동그랗게 뜨고 있었다. 그런 눈으로 말했다. "인경이 너는 거짓말이 아니라고 하고, 나는 널 믿어. 그럼, 내 위에 앉아 있었던 그건 뭐야. 귀신이잖아."

나는 아무 말도 하지 않았다.

"결국 인경이 네가 헛것을 본 거네. 그게 맞아. 너

언제 나랑 병원에 가 봐야겠다."

헛것에 병원이라…….

"여기서 더 얘기를 해서 뭐 하겠냐? 인경이 네년은 거짓말을 한 게 아니라고 하고, 나는 널 믿어야 하고. 시발, 그럼 된 거지. 이제 이 얘기는 여기서 그만하자. 대신 언제 날 잡아서 나랑 같이 정신과 병원 가기로 약속하는 거다?"

정신과 병원.

그런 말을 들으면 기분이 나빠야 맞겠지만, 그때는 그러지 않았다. 그땐 슬기의 진심이 느껴졌기 때문이다.

내가 병원 신세를 지다 회복이 돼 집으로 돌아왔다는 얘기를 듣자마자 나를 찾아온 슬기는, 갑자기 볼기짝 좀 맞아야겠다며 내 바지를 벗기더니 엉덩이를 때리기 시작했다. 처음엔 장난인 줄 알았지만 그 세기가 만만치 않았다. 내가 그만하라고 해도 나 때문에 걱정하고 속이 상해서 이러는 거라며 자꾸 때리더니 나중엔 자기가 울어 버리는 거였다. 그 바람에 안 그래도 복받쳐 있던 나도 덩달아 울었고, 무슨 일이냐며 들어온 엄마도 우리를 끌어안더니 울었다.

나중에 슬기는 나를 차 버린 그 남자를 찾아갔다. 내가 그 지경이 된 게 다 양다리나 걸치는 양아치 네 놈 때문이다, 그 말을 꼭 하고 싶었다고 한다.

슬기는 그런 애다.

어쨌거나, 그날의 일은 그렇게 일단락되나 싶었다.

"맞다, 인경아. 혹시 내 모자 못 봤니?"

"뭐? 모자?"

"그래. 그 빨간색, 빨간색 산타 모자."

슬기가 그 모자 얘기를 했을 때 얼마나 소름이 끼쳤는지 모른다.

"그 모자 비싼 거야. 아까 밖에 나가서 차를 뒤져 봤는데 없더라고. 혹시 몰라서 119에 전화해서 그 아저씨들한테 물어봤는데, 그 아저씨들도 못 봤다고 했거든. 우리 차에도 없고 내 방에도 없고. 여기밖에 더 있냐?"

슬기는 산에서 있었던 얘기를 그만하자고 했지만, 어쩔 수 없이 나는 꺼낼 수밖에 없었다. 조그마한 사람은 슬기의 산타 모자를 쓰고 있었다. 나한테 들키자 그걸 쓴 채 차 밖으로 나갔던 것이다. 이제 그걸 말하려고 했더니…….

아무래도 슬기는 내가 무슨 말을 하려는지 눈치를 챘던 것 같다. "에라, 모르겠다. 보니까 어제 그 산에다 떨어뜨리고 왔나 보다. 어차피 얼마 하지도 않으니까. 없어져도 상관은 없어."

"슬기야. 아까는 그 모자가 비싼 거라고 했잖아."

"배고프다. 밥이나 먹자."

"밥을 먹자고?"

"그래. 우리 어제저녁부터 아무것도 안 먹었잖니. 배 안 고파?"

밥이라. 나는 웃음이 나왔다. 슬기는 쿨해도 너무 쿨하다.

그래도 어르신들이 하는 말 중에 이런 말이 있다. 죽은 사람은 죽은 거고 산 사람은 살아야 한다고. 마찬가지로 우리 모두 무사했으니 그걸로 된 거 아닐까, 자꾸 그렇게 생각했더니 마음이 편해진 건 사실이다.

우린 근처 식당으로 갔다. 거기서 먹은 국밥은 정말 맛있었다. 결국 2박 3일로 계획했던 나의 이별 위로 여행은 2일째가 되는 날 아침에 국밥을 먹는 것으로 끝이 났다.

수년이나 지난 지금.

이제 나는 은행원이 됐고 슬기는 군인이 되는 바람에 서로 만나기 어렵지만 일단 만났다 하면 그날은 한바탕 난리가 난다. 지금도 우린 우정을 지속하고 있다. 내가 그때 겪은 일을 얘기할 때가 종종 있는데 그때마다 슬기는 다른 얘기를 하며 슬쩍 넘어가 버린다. 슬기는 아직도 이렇게 단정하고 있다.

"인경이 네가 원래 예민한 성격이잖아. 거기다 네가 그때 재수 없게 생긴 그 양아치 새끼랑 헤어지고 나서 안 그래도 더 예민해져서 헛것을 본 거야."

아닌 게 아니라 그 일을 겪고 나서 슬기는 정말로 나를 병원으로 끌고 갔다. 의사 선생님이 했던 말은, 뻔하다고 해야 하나?

"아무래도 인경 씨가 믿었던 사람에게 실연을 당해서 그런 큰 상처가 잠재의식 속에서 발현이 됐고, 그러다 보니 그런 환각을 보게 된 거 아닐까 해요. 그러니까 너무 어쩌고저쩌고 어쩌고저쩌고……."

의사 선생님과 슬기의 진단은 이렇다. 사랑하던 사람에게 차인 충격을 이기지 못해 자살을 시도했다가 운이 좋아 살아난 사람이 헛것 정도 보는 건 당연하다고. 감기에 걸리면 기침과 콧물이 나는 것처럼 뇌도 그렇단 거다.

뭐 그렇다면, 그걸로 된 걸까. 지금은 뇌가 피곤하거나 아프다고 해서 그걸 숨기거나 부끄러워할 이유가 없는 시대니까. 무엇보다 슬기는 내가 자기를 죽이려고 했다는 의심을 더 이상 하지 않는다. 그러기에 정말 이걸로 된 거 아닐까 싶기도 하지만. 그래도 과연, 과연 내가 마음이 힘들어서 그때 헛것을 봤던 걸까?

아니. 난 아니라고 생각한다. 분명 그 조그마한 사람은 슬기의 산타 모자를 쓰고 있었다.

이건 군에 있었을 때 들었던 이야기를 각색한 겁니다. 그 명대사 "에이, 아깝다."를 생각하면 지금도 머리카락이 쭈뼛거릴 정돈데요. 원작이었던 그 이야기는 5분도 안 되는 잡담이었고 바로 그래서 각색하는 과정에서 문제가 됐습니다. 왜냐하면 그 명대사를 빼면 정말이지 아무것도 아닌 이야기거든요. 결국 그 대사 하나만 바라보며 장소며 나오는 사람들, 그 사람들의 사연과 성격까지 그 하나하나를 다 정하고, 이제 그것들을 끼워 맞추는 과정이 너무 어려웠고 힘들었네요. 원작에선 안개도 없었어요, 이런 세상에나 마상에나 오 마이 갓. 원래 소설 쓰는 게 힘든 거라서 이런 하소연이 엄살이겠지만 그럼에도 지금은 이렇게 어렵고 힘들었다고 말하고 싶네요. 혹시, 이 글을 산타 할아버지한테 받은 선물이라 생각하면 위로가 될까요?

여섯 번째 이야기

[사진작가]

 매주 월요일과 수요일 그리고 금요일이면 이 공원에선 무료 점심 급식소가 열린다.

 한동안 행렬을 따라가던 태규는 천막 안에 마련된 급식대에 다다랐다. 식판과 숟가락과 젓가락을 손에 들었다. 다음으로 면발을 나누어 주는 아주머니에게 식판을 내밀었다.

 "아이고, 왔어?" 아주머니는 면이 가득한 그릇에 짜장을 들이부었고 그 그릇을 식판에 얹어 주었다.

 옆에 있는 아주머니가 말했다. "되게 젊네? 그런데 젊은 사람이 이런 데서 뭐 하고 있어? 공부 안 해?"

 그러자 또 다른 아주머니가 어깨로 툭 치더니 말했다. "내가 저번에 말했잖아. 그 사진 찍는다는 애가 바로 얘야."

"아, 어쩐지. 왜 사진기를 메고 있나 했네."

순간 아주머니들은 아이돌 앞에서나 떨 호들갑을 떨었고, 태규는 옆으로 움직이며 김치와 단무지, 만두 2덩이, 예수 믿으면 천국 간다는 셀로판으로 포장이 된 계란 2개도 받았다. 짬뽕 국물이 담긴 그릇까지 받은 태규는 이제…….

아가씨에게 음료수를 받으면 되는 거였다.

아가씨는 캔을 두 손으로 건넸다. 하지만 이렇게 말한 태규다. "아니요. 이거 말고 다른 거요."

"네?"

급식은 막 시작이 됐다. 급식대로 사람들이 몰려오고 있었다. 급식 관계자들은 줄 좀 제대로 서라며 소리를 질러 댔다.

태규가 말했다. "펩시 말고요. 코카콜라 주세요."

아가씨는 눈을 동그랗게 뜨고 있었다. "코카콜라요?"

허리 높이 탁자에는 음료수 상자가 3개 있었다. 그 상자마다 음료수는 30개 정도 들어가 있을 것이었다. 하지만 하나같이 파란색 캔이었다.

"코카콜라는 저기서 가지고 와야 되는데……."

아가씨가 말한 '저기서'를 태규도 이미 보고 있었다. 천막 바깥이었다. 급식 관계자들이 왔다 갔다 하는 통에 복잡한 저기엔 빨간색 캔 상자가 아주 많았다. 거기까지의 거리가 서른 걸음 정도 되는 게 문제라면 문제지만.

아가씨는 쩔쩔매고 있었다. "아, 어떻게 하지."

"뭘 어떻게 해요. 빨리 가서 가지고 오면 되잖아요."

"그냥 아무거나 먹지 뭘 따져 따지기는?" 짬뽕 국물을 나누어 주는 아주머니가 말하는 거였다. "지금 사람들 줄 서 있잖아. 안 보여?"

이미 태규도 느끼고 있었다. 옆을 스윽 봤더니, 기나긴 행렬의 눈살이 한꺼번에 들이닥쳤다. 그럼에도 태규는. "그래도 난 코카콜라가 좋은데."

누군가 한숨을 쉬었다. 누군가는 욕을 했다. 이어서 태규 옆에 서 있던 노숙인이 분명한 사람이 말했다. "어이, 사진 찍는다는 학생. 펩신지 콜란지 난 모르겠고. 그냥 나 먼저 가져갈게."

그렇게 행렬이 다시 움직였고, 사람들은 일부러 그러는 건지, 모르고 그러는 건지, 자꾸 태규와 몸을 부대껴 댔다.

메고 있는 배낭과 사진기를 추슬러 본 태규는 비켜 줄 수밖에 없었다.

한편, 아까부터 태규를 지켜보고 있던 남자가 있었다. 그 남자가 태규가 있는 곳으로 다가왔다. "정윤아, 왜 그래. 무슨 일인데 그래?"

"아, 그게. 이분이 여기에 있는 음료수 말고 저기에 있는 음료수를 먹고 싶다고 해서서 지금 가지고 와야 될 거 같아서요."

아가씨는 사람들에게 음료수를 나누어 주느라 정신이 없었는데, 남자는 태규를 쳐다보느라 정신이 없었다. 바로 그 남자의 표정이 태규는 거슬리는 것이었다.

남자가 말했다. "저기요. 그냥 아무거나 먹으면 안 돼요?"

"만약에 펩시만 있었으면 제가 그랬겠죠. 그런데 지금은 펩시랑 코카콜라가 같이 있잖아요. 이렇게 되면 코카콜라 먹어야죠."

"알았어요, 알았으니까. 일단 그쪽은 여기서 좀 멀리 떨어져 주실래요. 사람들 식사 받는 데 걸리적거리니까."

태규는 천막 밖으로 나가야만 했고, 남자는 태규의 그런 모습을 끝까지 지켜본 뒤에야 음료수 상자가 많은 곳으로 향했다. 그리고 태규 역시 그 남자의 뒷모습을 지켜봤다. 옷차림 때문이었다.

흰색 바지에 청셔츠를 집어넣은 배바지를 하고 있었다. 안경 쓴 왁스 머리까지. 그야 태규보다 머리 하나가 큰 키에 얼굴도 반반했으니 남자의 패션은 잡지의 표지를 장식할 수준이기는 했다. 하지만 이곳은 처지가 어려운 분들에게 밥을 나누어 주는 자리가 아닌가. 흰색 바지에 짜장이라도 튀면 어쩌려고 저러는 건지. 저러니 교회 오빠 그런 말이 생긴 것이겠다.

교회 오빠.

그 말이 떠오르자 태규의 입에서 실실 웃음이 새어 나왔다. 그러다 그만 천막 안에 있는 아가씨와 눈이 마주쳤고, 눈을 피한 아가씨는 웃음과 캔을 나누어 주는 걸 계속했다.

뒤이어 음료수 상자를 들고 온 교회 오빠였다. 상자를 4개나 들고 있었다. 그래서 태규는 생각하고야 만다. 여자 앞이라고 힘자랑하기는.

아니나 달라.

교회 오빠는 아가씨 근처에 음료수 상자를 내려놓더니 아가씨와 얘기를 나누었다. 사실 불청객에게 얼른 음료수 하나 던져 주면 끝나는데 저렇게 늑장을 부리는 거였다.

하여 태규는 저 둘을 향해 카메라를 대 볼까, 하며 고개를 갸우뚱했다. 왜냐하면 저기서 자행이 되고 있는 치근덕거림에는 진심이 어려 있었다. 진심이 어린 것만큼 진실된 것은 없었고 바로 그것이야말로 예술의 핵심이었다. 저 광경을 사진으로 담는다면 그 사진은 두고두고 곱씹어 볼 만한 수작이 될지도 몰랐다. 그 작품의 제목도 '수작'이 될 테고……

태규는 관두기로 했다. 작품의 제목이 형편없었다.

마침내 교회 오빠가 태규에게 다가왔다. "저기요. 음료수 가지고 왔으니까요, 가져가고 싶은 만큼 가져가요."

"가져가고 싶은 만큼 가져가라고요? 진짜요?"

"네. 그러니까 빨리 가지고 가요, 그냥." 교회 오빠는 아예 음료수 상자 하나를 통째로 들고 온 거였다.

4월이었다. 햇볕은 따뜻하지만 아직도 바람은 쌀

쌀한 그런 날씨. 추위에 약한 태규는 태블릿이 들어갈 만한 주머니가 달린 외투를 지금까지 입고 다녔다. 외투 주머니 한쪽에만 음료수 2개씩 해서 양쪽으로 4개를 챙긴 태규는 이어서 건빵 바지 주머니 양쪽에도 1개씩 챙겨 넣었다.

교회 오빠가 한숨을 쉬더니 말했다. "저기요. 저번에 그랬잖아요. 그쪽이 형편이 어려워서 여길 오는 게 아니라, 여기 풍경을 사진으로 찍어서 공모전에 보내려고 여길 오는 거라고. 맞죠?"

"네."

"그래도 그렇지. 맨날 여기 올 필요는 없잖아요."

"에이. 맨날은 아니죠. 일주일에 딱 세 번만 여기 오는데."

"여기서 우리가 일주일에 세 번 급식을 하잖아요. 그런데 그쪽은 그 세 번을 다 오는 거니까 우리한테는 맨날이죠."

"어, 그러네? 듣고 보니 그쪽 말이 맞네요?"

"왜 맨날 여기 와서 밥을 먹는데요? 도대체 사진을 몇 장이나 찍는데 그러냐고."

"너무 신경 쓰지 마세요." 태규는 교회 오빠가 들

고 있는 상자 속에서 음료수를 집었다. 그걸 건빵 주머니에 욱여넣은 뒤 이어서 또 하나를 챙겨 이번엔 다른 쪽 건빵 주머니에 욱여넣었다.

교회 오빠가 웃어 버렸다. "저기요. 도대체 여기 하루 와서 사진을 몇 장이나 찍어요?"

"제가 저번에 말했죠?"

"뭘."

"주제를 하나 정한 다음에 그 주제에 맞는 사진을 30장 보내야 돼요. 이번 공모전이 그래요. 그러니까 앨범을 하나 만든다고 생각하세요."

"아니, 그러니까, 그러니까 그건 알겠는데. 하루에 몇 장을 찍냐고."

"그냥 되는 대로 막 찍죠. 막 찍은 다음에 거기서 추려 내는 거니까. 여기서 찍어 가는 분량이 막 2백 장이 넘는 날도 있어요."

"참 대단하네, 대단해."

"그렇게 대단한 건 아니에요. 저처럼 사진 찍는 사람들한테 하루 2백 장이요? 별거 아니에요."

"뭐가 별거가 아니야. 그쪽이랑 그쪽이 달고 다니는 카메라가 별거 아니겠지."

"이거요? 저는 몰라도 이 카메라는 별거 아닌 게 아닌데?"

사실이었다. 태규의 카메라로 말할 것 같으면 약 2천3백만 화소 풀 프레임 센서, Dual Pixel CMOS AF Ⅱ 시스템과 사람의 눈으로 보는 듯한 HDR PQ 거기다 5축 손 떨림 보정 기능까지 탑재된 놈이었다.

교회 오빠가 말했다. "내가 이제까지 당신 쭉 지켜봤는데, 그쪽이 사진 찍는 걸 한 번도 못 봤거든? 도대체 사진은 언제 찍는 건데?"

"진짜로 절 1분 1초도 빠짐없이 지켜봤다고 그렇게 장담할 수 있어요?"

교회 오빠는 대답을 하려다가 그만, 한숨을 쉬었고, 태규는 싱글벙글이었다. 그 싱글벙글이 거슬렸던 건지, 들고 있는 상자를 집어 던질 기세였지만 교회 오빠는 잘 참아 내고 있었다.

심호흡을 하는가 싶더니 태규의 식판에 음료수 캔을 올려 주었다. 1개가 아니라 2개를. "자, 이것까지 드세요, 다."

"아이고, 감사합니다." 이렇게 말하면서 상자에서 또 하나를 챙긴 태규였다.

그 마지막 캔은 더 이상 들어갈 곳이 없었기에 어떻게든 외투 주머니에 쑤셔 박아야 했다. 이젠 음료수 캔 때문에 온몸이 무겁고 힘들었다. 배도 고팠다. 어서 빨리 자리를 잡고 먹고 싶었다.

고개를 까딱해서 작별 인사를 마친 태규는 자리를 뜨기로 했다. 그렇지만 교회 오빠가 말했다. "저기요."

태규는 쳐다봤다.

"당신이 사진작간지 뭔지는 모르겠고, 다음부터 우리 정윤이 건들지 마요, 알았어요?"

태규는 교회 오빠가 무슨 말을 했는지 똑똑히 들었다. 하지만 마침 저쪽에서 줄을 제대로 서라는 외침이 들려 안 들리는 척을 할 수 있었다. "네?"

교회 오빠가 웃음을 지었고, 태규는 웃음을 지어 보였다.

"우리 정윤이 좀 건들지 마요, 알았죠?"

"솔직히 말해서 누가 건드렸다고 그래요?"

"뭐?"

"그리고 건들면 또 어떻고?"

"방금 뭐라고?"

"그것보다 그쪽이나 건들지 마요. 아는 것도 없으

면서."

 교회 오빠가 소리를 지르더니 상자를 집어 던졌다.
"야. 너 그때 스물넷이라고 했지? 내가 너보다 형이거든?"

"아이고. 왜 여기서 나이를 따지실까? 그리고 그래봤자 나랑 두 살 차인데 사회에서 두 살 차이? 그거 아무것도 아니야, 이 새끼야."

 어느새 달려온 급식 관계자들이 붙잡지 않았다면 교회 오빠는 태규를 어떻게든 했을 것이었다.

 갈 길 가기로 한 태규는 발을 움직이려고 했지만, 뒤에선 욕하는 소리와 그걸 말리는 소리가 섞인 요사스런 잡음이 계속 들리고 있었다. 그래도 태규는 갈 길을 갔다. 그러면서 다른 생각을 하기로 했다. 다른 생각 다른 생각 다른 생각, 다른 생각, 다른 생각이라. 그래. 그러고 보면 그래. 그러고 보면……

 여기서 급식소를 여는 교회는 참 돈이 많은 거 같았다.

 광역시이기도 한 이 지역에서 큰 행사가 있는 날이면 그런 행사를 무조건 이곳 분수대 광장에서 벌일 정도로 이 공원의 규모는 남달랐다. 안 그래도 지금 급식이 벌어지고 있는 곳도 분수대 광장이었다. 분수대를 동서남북으로 하나씩 나누었을 때 한 부분에 급식대 천막이 2개씩 세워진 것이다.

그만큼 사람도 많이 왔다.

태규는 항상 밥을 일찍 받는 편이었다. 그래서 밥을 다 받고 급식대 천막을 벗어나면 많은 사람이 삼국지처럼 다가오는 광경을 항상 마주할 수밖에 없었다.

지금처럼 말이다.

이렇듯 교회는 많은 사람의 배를 매주 3일씩이나 채워 주고 있었다. 그 누구라도 그 교회가 돈이 많다고 하지 않을까.

태규는 드디어 웃음을 지을 수 있었다. 방금까지 다른 생각을 하는 통에 교회 오빠에게 겪은 수모를 잠깐 잊었으니까. 역시나 쓸데없는 생각을 잊는 데에는 다른 생각이 최고였다.

교회에선 식탁이나 밥상까진 아니더라도 돗자리 정도는 나누어 주고 있었다. 그런데도 일부 사람들은 자기가 깔고 앉을 걸 가지고 오거나 아니면 그냥 바닥에 앉아 버렸는데, 태규는 공원 의자를 식탁 삼는 부류였다.

태규는 어떤 두 사람이 먼저 자리를 잡은 곳으로 갔다. 거기만 자리가 비어서 그런 게 아니었다. 아예 텅텅 빈 곳도 많았다. 그러거나 말거나 태규는 언제나 같은 자리에서 밥을 먹었다.

 꼭 그래야만 했다.

 "같이 앉아도 되죠?" 태규가 말하자 그때까지 얘기를 나누고 있던 두 사람은 기다렸다는 듯 오리처럼 움직이고 움직이며 자리를 마련해 주었다.

 이곳 공원 의자에는 양쪽에 팔걸이가 없기에 식판을 의자 가장자리까지 따닥따닥 붙여 놓는다면 네 사람이 바닥에 앉아 밥을 먹는 게 가능했다.

 의자 끄트머리에 식판을 내려놓은 태규는 몸에서 음료수 캔을 하나씩 꺼냈다. 그렇게 의자 위에 캔을 다 꺼내 놓은 뒤 카메라와 배낭은 바닥에 잘 놓았다.

 이제 무릎을 꿇고 앉은 태규는 굳어 버린 짜장면을 어떻게든 버무려 봤다.

 그러다 어느 순간 옆에 두 사람을 쳐다봤다. 이렇게 말하려고 말이다. "저기. 제가 콜라가 많아서 그러는데 콜라 좀 드실래요?"

 사탄이라도 봤는지 두 사람은 고개를 저었고, 식사

는 시작됐다.

***

 태규가 살고 있는 곳은 600가구 정도가 사는 아파트 단지로 20층짜리 건물이 여섯 동 있었다. 104동으로 들어간 태규는 승강기를 타고 올라가 904호의 문을 열었다.
 태규는 샤워를 한 뒤 한숨 자기로 했다.

***

 잠에서 깬 태규는 어제 먹다가 남긴 피자를 전자레인지에 돌려 먹었다. 공원에서 가지고 온 빨간 캔 하나도 마셨다. 양치질을 해야 하건만 탄산음료를 마신 직후 양치질을 하면 이가 상한다는 소문을 들은 터라 나중에 하기로 했다.
 지금은 7시가 넘은 시간.
 태규는 컴퓨터 전원을 눌렀다. 컴퓨터가 켜지는 동안 배낭에서 캔을 꺼냈고 꺼내는 족족 책상 한쪽에 정리했다. 그중에 하나를 까 마시며 인터넷 검색으로 얼마 동안 시간을 보낸 뒤에는 컴퓨터 속에 숨겨 놓은 파일을 찾기 시작했다.

태규가 찾는 건 야한 동영상이 아니었다. 야한 동영상이 없는 건 아니었지만……. 지금 찾고 있는 건 사진이었다. 그 아가씨의 사진 말이다. 그 공원에서 급식소가 열릴 때마다 항상 간식을 나누어 주는 그 아가씨를 이제까지 태규는 몰래 찍어 왔고, 그걸 날짜별로 묶어 놓았다.

맨 처음 묶음의 날짜는 작년 11월 21일이었고, 마지막 묶음의 날짜는 4월 24일이었다.

원래라면 오늘 점심에 찍은 사진을 4월 25일로 묶어서 저장해야 했다. 그러나 그럴 수가 없었다. 오늘 점심엔 아가씨를 찍지 않았다. 그 교회 오빠 때문에 사진을 찍고 싶은 마음이 사라졌던 것이다. 교회 오빠 생각을 하자니, 낮에 겪은 그 건방진 일들이 떠올랐다.

덕분에 태규는 한참 동안 마음을 다스려야 했다.

어쨌거나 부끄러운 짓이었다. 여자를 훔쳐보고 싶은 욕구를 참을 수 없었으니 말이다. 그래서 작년 11

월 그날 밤에 승강기가 있는 계단으로 나가 창문 구석에 카메라를 댔다.

태규는 작가 지망생이었고 사진작가치고 망원 렌즈가 없는 경우는 없었다. 결국 누구한테 들키지 않는 게 유일한 문제였는데, 태규가 사는 아파트가 한 층에 두 집만 사는 계단식이었기에 그 문제에선 유리했다. 그래도 혹시 몰라 담배와 라이터도 지녔다. 누가 오는 것 같다 싶으면 담배를 물고 라이터를 켜려고 말이다. 흡연자가 아니었기에 혹시라도 그런 상황이 생겼을 때 기침을 하지는 않을까 태규는 한때 마음을 졸였던 적이 있었지만 지금까지 그런 일은 일어나지 않았다. 또 태규의 부모님은 이혼했으며 태규를 책임지고 있는 어머니 되는 사람은 좀 나가는 사설 토익 강사인지라 밤늦게 집에 오기 일쑤였다.

한마디로, 태규가 여자를 훔쳐보는 데에 문제 될 건 없었다.

그래도 딱 한 번만 훔쳐볼 생각이었다. 이건 정말이었다. 흔한 말로 호기심에 저질러 보는 거라고나 할까.

태규는 내심 처음 카메라를 댄 거기가 배불뚝이 아저씨가 혼자 사는 집이거나 오늘내일하는 노인의 집이기를 아무한테나 빌고 또 빌었다. 정말로 그 바람이 이루어진다면 그 호기심에 진저리를 칠 것이고 다시는 안 하게 될 테니까.

태규가 선택한 곳은 자신이 살고 있는 곳과 일직선으로 딱 맞은편인 106동 9층 904호였다.

바로 거기에 그 아가씨가 살고 있었다.

그 아가씨는 집 안을 이리저리 돌아다니고 있었고, 만약에 옷으로 중무장을 하고 있었다면 태규는 다른 곳으로 카메라를 대거나 아니면 아예 훔쳐보기를 관뒀을지도 모른다.

그땐 이미 속옷만 입은 상태였다.

태규는 포기할 수 없었다. 절대로. 그러다 오, 지저스 크라이스트, 패션 오브 크라이스트. 속옷을 벗기 시작하는데…….

하나 아쉬웠던 건 아가씨가 거울을 보고 있는 바람에 그 벌거벗는 모습을 옆으로 봐야 했다는 점이다.

하지만…….

위 속옷을 벗고 다음으로 아래 속옷을 벗은 다음

곧바로 피부의 가죽을 벗어 버리는 게 아닌가. 그러자 사라졌다. 진짜로, 진짜로 그냥 사라져 버렸다. 다음으로 바닥에 있던 물건과 옷가지가 둥둥 떠다니기 시작했다. 마치 실에 매달린 것처럼.

 물건과 옷가지가 그렇게 둥둥 떠다니는 광경을 처음 봤을 당시, 태규는 그런 현상을 이해할 수 없어 갸우뚱할 뿐이었다. 당연히 놀라 자빠질 심정으로 갸우뚱하는 거였다. 누가 아니겠는가. 그런데 벌써 놀라 자빠지면 안 되는 거였다. 정말로 놀라 자빠질 일은 그다음에 일어났으니까.

 바닥에서 뭔가가 벌떡 일어섰던 건데, 그건 남자였다. 아니, 남자의 가죽이었다. 그때부터 태규는 거기서 무슨 짓이 벌어지고 있는지를 알게 됐다. '그것'은 거실 한가운데에다 남자의 가죽과 남자의 옷과 남자의 물건을 모아 놓고서 그것들을 걸쳐도 보고 들어도 보며 패션쇼를 하고 있었던 것이다.

 패션쇼가 한차례 벌어질 때면 그것은 남자 가죽을 4개 내지 5개 정도만 걸쳐 보고 끝을 냈는데, 마음 같아서는 가지고 있는 가죽을 다 걸쳐 보고 싶은 듯했다. 절대 그럴 수가 없는 게, 남자 가죽을 새로 걸치면 옷이든 머리든 안경이든 스타일까지 처음부터 다시 꾸몄던 탓이다. 남자 가죽마다 정해진 스타일이 최소 2개 정도는 됐고, 그것은 희생자가 평소에 추구했던 스타일을 그대로 흉내 내고 있는 것이 분명했다.

지금까지 추적하며 알아본 바로는, 아가씨인 척하는 그것의 정체는 투명한 생명체였다. 그것이 가지고 있는 남자 가죽은 총 12개였으며, 요샌 가죽을 또 수집하려고 했다.

그 교회 오빠가 그렇다.

교회 오빠도 그렇고, 여자의 탈을 쓴 그것도 그렇고, 그 공원에서 급식 봉사를 하고 있었다. 또 그 교회를 다니고 있었다. 혹시 그것에게 수집된 남자들 전부가 그 교회와 연관이 있는 것은 아닐까, 태규는 그 점도 조사할 예정이다.

그리고 언젠가 그때. 공원에서 그 교회 오빠와 이런저런 얘기를 나눈 적이 있었다. 그때도 교회 오빠가 먼저 시비를 걸었던 거였지만, 어쩌다 보니 서로 통성명까지 하게 됐고, 교회 오빠는 자기가 급식 봉사를 하는 이유를 털어놓았다. 그 교회는 사회복지

인증관리 홈페이지에 등록이 돼 있었다. 그 점을 지적하면서 교회 오빠는 봉사 활동의 선행과 도덕이 취직 점수로 타락하고야 만 요즘의 세태를 한탄하기도 했다.

그 한탄을 들으며 태규는 이렇게 생각했다. 지랄을 하기는. 도대체가 세상 어떤 놈이 통성명 자리에서 그딴 얘기를 꺼내냐.

그럼에도 교회 오빠는 좋은 사람이었다. 그런 세태가 오죽 답답했으면 그랬을까.

그래도 건방진 건 흠이었다.

건방지기 때문에 이제까지 태규는 교회 오빠가 싫었다. 하지만 오늘 맛있는 음료수를 이렇게나 많이 줬다.

참 고맙기도 하지.

태규는 오늘부터 교회 오빠를 좋아하기로 했다. 모델처럼 생긴 그 사람을 사랑하겠다는 게 아니었다. 독신주의자인 태규는 한편으로 독실한 이성애자였다. 쉽게 말해, 교회 오빠의 목숨을 구하기로 마음을 먹었다, 이 말이다. 죄는 미워하되 사람은 미워하지 말라고 했던가?

그러니 구해 줄게, 새끼야.

이렇게 할 일이 또 늘었다. 일단 오늘 밤 안으로 언제 무엇을 어떻게 해야 할지 그 앞으로의 계획을 전부 바꿔야 했다. 교회 오빠를 구하기 위해서. 여자도 아니고 남자를 구하기 위해서…….

그나저나 태규는 따로 생각해 본 게 있었다. 그게 뭐냐면, 사실 '우리 정윤이 좀 건들지 말라.'던 그 교회 오빠의 말이 틀린 건 아니었다. 언제나 태규는 그것이 있는 천막만을 골라 밥을 받았다. 어떻게든 그것한테 한마디씩 던지고 싶어서 그랬던 건데, 어디까지나 자료 조사였지만 교회 오빠 입장에선 그게 집적거림으로 보일 수밖에 없는 것 아니겠나. 당연했다. 사랑에 빠졌으니까.

그러니까 네가 멍청한 거다, 인마.

이제까지의 관찰과 추적에서 태규가 중점을 두고 있는 부분은 이거였다. 그것은 왜 남자 가죽을 모으고 있는 걸까. 일단 지금까지의 자료를 토대로 할 수 있는 대답은, 그것의 취미가 가죽 수집이기 때문이다, 이거였다.

수집가?

여전히 알쏭달쏭한 게 있었다. 그것은 왜 맨날 자기 집을 보이게 하는 걸까. 아닌 게 아니다. 창문에 커튼 치는 게 어려운 것도 아닌데 그것은 끝까지 안 그랬다. 게다가 인간 가죽 패션쇼가 매일 밤 벌어지는데도 그걸 알고 있는 사람이 하나도 없는 건 또 뭐란 말인가.

방금의 그 의문에는 이런 대답이 나올 수밖에 없었다. 망원경이나 망원 렌즈 그걸 집에 두고 있는 사람이 몇이나 될 것이며 또 그런 걸 가지고 있다 한들 그걸로 건너편 아파트를 훔쳐볼 사람이 몇이나 될까.

그런데도 태규는 다음의 대답이 맞을 거라며, 고개를 끄덕였다.

미국에서 이런 일이 있었다고 한다. 큰 도시의 전철 안에서 사람이 하나 죽었는데 그 시체가 의자에 앉은 채 하루종일 떠돌아다닌 것이다. 수많은 사람이 그 주변을 서성이기도 하고 옆에 앉기도 했는데 아무도 그걸 몰랐다. 한국은 다를까. 독거노인이 죽었는데 그 시체가 몇 달 동안 방치되고 있었다는 뉴스는 이제 식상한 괴담이 된 지 오래다.

그렇듯. 자신이 아무한테도 들키지 않고 승강기 계

단 창문에서 5개월 동안 그것을 훔쳐볼 수 있었던 것도 같은 맥락이라고, 태규는 고개를 끄덕이고 끄덕일 수밖에 없었다.

오히려 그것을 발견한 태규가 대단한 그런 상황이었다.

그러게, 어떻게 이런 걸 다 발견했을까 그래. 막말로 자신이 또라이라고 자신하는 태규는 그럼에도 자기 자신이 기특했다.

알쏭달쏭한 건 또 있었다. 그것이 피부 가죽을 벗을 때 대체 어떤 원리로 벗는 건지, 바로 그거였다. 정수리를 콕 누르니 피부 가죽이 반으로 갈라져 흘러내리는 것으로 보아 일종의 버튼 같은 게 정수리에 있는 모양이었다. 그걸 알고 싶다면 성능이 더 좋은 망원 렌즈가 있어야 했다. 태규는 얼마 전에 그걸 주문했다.

그 렌즈는 300만 원이 좀 넘었다. 덕분에 한동안 막노동판을 드나들어야 했고 체력이 오로지 예술가로 타고난 태규는 그러다 현장에서 코피를 쏟으며 쓰러진 적도 있었다. 따지고 보면 그렇게까지 할 필요는 없었다. 언제든 말만 하면 그까짓 300만 원 어머니에게 받을 수 있었다. 그 정도로 어머니는 태규를 사랑했다. 하지만 부모님이 이혼한 뒤로 그런 어머니에게 손을 내미는 게 태규는 이상하리만큼 싫었다.

트림을 뱉어 본 태규는 이어서 비어 버린 캔을 찌그러뜨렸고, 컴퓨터도 꺼 버렸다.

오늘 점심엔 그것의 사진을 한 장도 안 찍었지만 그렇더라도 큰일은 아니었다. 조금 이따가 또 찍을 수 있었다. 원래 진짜 게임은 밤에 시작이 되니 말이다.

밤에 사진 좀 찍고, 야식도 좀 먹고, 교회 오빠 때문에 앞으로의 계획도 전부 바꿔야 하고, 그나저나 오늘 안에 그걸 다 할 수 있으려나?

이렇듯 요새 바쁘기는 정말 바빴다. 우선 태규는 양치질부터 해 볼까 하며 자리에서 일어났다.

　　이상하고 꺼림칙한 존재가 알고 보니 착한 놈이었다. 이 주제로 뭘 써 보다가 나와 버린 건데, 사실 초고엔 등장인물이 더 있었어요. 주인공이 무료 급식을 오래 다니다 보니 친해지고 만 할아버지들이 있었고, 주인공이 사는 아파트 단지의 경비 할아버지도 있었고, 그 어르신들로 주인공의 예의 바른 모습을 보여 주려고 했죠. 예의 바른 사람이 어째서 교회 사람들한테 싸가지 없게 굴었을까, 그런 궁금증을 유발하고 싶었다고나 할까. 그러나 단편은 짧아서 아쉬운 게 좋잖아요. 결국 어르신들을 통편집할 수밖에 없었습니다. 죄송합니다, 어르신들. 아무튼 이렇게 완성된 걸 쭉 읽어 보니 그 교회에는 뭔가가 감추어진 거 같네요. 확 들추면 뭔가가 확 튀어나올 거 같은데. 태규를 말리고 싶네요. 그만하라고, 여기서 더 그러면 위험해진다고. 하지만 우리의 태규는 끝장을 보려나 봅니다. 알아서 해. 너는 또 찍을 거고, 나는 또 쓰겠지, 뭐.

일곱 번째 이야기

[사람이 된 개]

 상담사가 말했다. "보통의 부모라면 자기 자식들은 잘못 없다고 다 친구 잘못 만나서 그런 거라고 말할 텐데 견공 씨는 아니네요. 솔직하시네요."
 견공이 말했다. "솔직한 게 나쁜 건 아니잖아요. 이제까지 전 솔직하게 살았습니다. 그래야 사업에서 살아남을 수 있는 겁니다."
 "그런 솔직함 때문에 살아남은 정도가 아니라 지금처럼 성공을 하신 거겠죠?"
 "성공했죠. 진짜 성공했죠. 그것도 자수성가했어요. 그런데 행복하지가 않다 이겁니다. 전 성공만 하면 되는 줄 알았는데 알고 보니까 성공과 행복은 서로가 별개더라고요. 지금 제가 처한 상황은, 그러니까, 절대로 제가 되고 싶었던 삶이 아니에요."
"그럼, 견공 씨가 되고 싶었던 삶은 어떤 거죠?"
"남부럽지 않은 가정을 이루고 사는 거? 행복한 가정?"
"잠깐만. 방금 말씀하신 것 중에 성공은 없네요. 성공은 두 번짼가요?"
"그런 말이 아니죠."
"그럼……."
"성공만 하면 행복한 가정은 자연스럽게 따라오는 건 줄 알았어요."
"돈이 많으면 많을수록 행복하다 이건가요?"
"바로 그겁니다. 그리고 선생님. 커피 더 마셔도 될까요?"
"아. 그럼요."
 견공에게 잔을 받은 상담사는 정수기가 있는 곳으로 갔다. 정수기 옆에 커피 기계가 있었다. 상담사는 그 기계 위에 커피 캡슐을 집어넣었다. 두 사람이 아무 말도 하지 않는다면 지금처럼 커피 만드는 소리만 들릴 정도로 이곳은 조용했다. 그렇게 커피는 만들어졌고 상담사는 컵 받침 위에 잔을 놓아준 뒤 자리에 앉았다.

아까부터 넥타이를 느슨하게 풀고 있던 견공은 잔을 들어 보이더니 말했다. "원래 저는 커피를 잘 안 마십니다, 선생님. 저보다 집사람이 많이 마시는데. 그런 제가 마셔 봐도 이 커피는 뭔가 다르네요. 향도 괜찮고."

"보통 커피가 아니니까요."

"그게 무슨 뜻이죠, 선생님?"

상담사는 몰래 귓속말을 하듯 말했다. "비싼 겁니다, 비싼 거."

미소를 지은 견공은 커피를 마셨다.

"아무튼 남부럽지 않은 가정을 이루고 사는 거, 그게 견공 씨가 바라던 삶이라고 하셨는데요."

"네."

"혹시 점수를 준다면 몇 점을 주고 싶나요?"

"점수요? 저한테 점수를 주라는 건가요?"

"네. 이제까지 살아온 걸 돌이켜 봤을 때, 견공 씨는 자기 인생에 몇 점을 주고 싶죠? 100점 만점으로요."

견공은 잠깐 생각하는가 싶었다. "20점 주고 싶네요."

"20점이요? 너무 낮은 거 아닌가요?"

"그렇게 생각이 드는 걸 어떻게 합니까."

"그렇다면 그 20점은 무엇 때문에 살아남은 거죠?"

"제가 다른 건 몰라도 사업은 성공했잖아요. 그래서 20점은 땄네요."

"나머지 80점은 다 가족분들 때문에 깎인 건가요?"

끄덕인 견공은 커피를 마셨다.

"혹시 그 깎인 80점의 내용을 알 수 있을까요?"

"먼저 아들놈이 20점 깎아 먹고……. 그리고 딸년도 20점 깎아 먹고……."

"20점과 20점 해서 40점. 그렇다면 나머지 40점은……."

"제 집사람 때문이죠."

"일단 여기서 흥미로운 건 아드님하고 따님 그리고 사업의 점수가 모두 20점으로 같다는 건데, 아드님과 따님에게 할당이 된 점수가 그래도 사업보다는 높아야 되지 않을까요?"

"제가 걔네를 사랑 안 하겠습니까. 그래도 자식인데. 하지만 걔네한테는 걔네 인생이 있는 거잖아요. 고등학교만 졸업하면 알아서 살라고 하면 되는 거고. 대신에 남들한테 피해는 주지 말아야지만."

"하지만 결국 아드님과 따님은 남들에게 피해를 주고 말았죠."

"참나. 그러게 말입니다. 그래서요 선생님. 전 가끔씩 이런 생각도 해요. 내가 애들을 너무 풀어놓고 키운 건가, 뭐 그런 생각이요. 사실. 저처럼 돈 많은 사람들은 자기 자식을 묶어 놓고 키우잖아요."

"묶어 놓고 키운다, 그게 무슨 뜻일까요?"

"개를 목줄로 묶어 놓는 것처럼 학원이다 유학이다 또 이건 하고 저건 하지 마라, 결혼도 무조건 이 사람이랑 해야 한다, 이런 식으로 자식을 키운다는 말이죠."

"자녀들의 자유를 박탈하는 거죠. 또 자녀들을 소유물로 보는 거죠. 왜냐하면 자녀들로 자신의 과시욕을 충족하고 싶으니까요. 심지어는 그런 자식들에게 나중에 받아 낼 걸 생각하는 경우도 있고요."

곁눈질로 쳐다보고 있던 견공이 말했다. "방금 선생님 말씀은 너무 거창하네요."

"아이고. 제가 좀 그랬네요. 요새 쓰고 있는 책이 하나 있다 보니 그만. 죄송합니다. 하던 얘기를 마저

할까요?"

"어쨌든. 제가 겪어 봐서 알아요. 묶어 놓고 키우는 게 당하는 입장에서 얼마나 고통스러운지. 제 자식들한테는 그런 고통을 주기 싫었어요. 그래서 여태 자기들 하고 싶은 대로 하게 내버려둔 건데, 지금 생각해 보면 가끔씩은 묶어 놓기도 하고 굶기기도 하고 아니면 아예 방울도 달아 버리고 그랬어야 했나 봐요."

"하지만 자녀분들이 방황한 게 전부 견공 씨 탓은 아니죠. 아까도 말씀드렸지만. 어떤 문제가 그렇게 된 데에는 여러 가지 원인이 있을 수밖에 없는 겁니다. 거기다 자녀분들은 아직 젊잖아요. 그러니 앞으로 잘하면 되는 거 아닙니까?"

"그런 말씀을 해 주시니까 힘이 나네요. 이래서 사람들이 심리 상담을 받나 보네요."

상담사는 합장을 하더니 말했다. "바로 그런 말을 듣고 싶어서 제가 이 일을 하고 있죠."

미소를 지은 견공은 커피를 마셨다.

"자, 그럼. 견공 씨 인생에서 가장 큰 부분을 차지하는 게 가족이고 또 거기서도 큰 부분을 차지하는 게 아내분인 거 같은데. 100점 중에 40점. 40%니까요."

"그렇죠."

"그래서 아내분의 외도를……. 그러니까 배신을 받아들이기가 쉽지 않았던 거겠죠."

"제가 괜히 집사람을 때렸겠습니까?"

"결국 경찰에 신고도 당하고, 고소도 당하고. 이젠 이혼 직전에 이르게 됐고요."

끄덕이며 납득하는 견공이었다.

"그렇지만 견공 씨는 아내분을 정말 사랑하시나 보네요. 끝까지 이혼은 할 수 없다면서 버티고 계시잖아요."

"생각해 보세요. 제 집사람이 바람을 한 번 피운 게 아니에요. 그래요. 한 번은 그럴 수 있다 쳐요. 몇 달 있다가 또 피우는 게 어디에 있습니까? 성질 더러운 놈이었으면 죽였을지도 모르는 일 아닙니까?"

"성질 더러운 놈이었으면 처음 바람피웠을 그때 어떻게 해 버렸겠죠."

"제 말이 그겁니다."

"그래도 폭력을 행사하신 건……. 그것도 상습 폭행이었죠."

"지금은 제가 집사람을 때린 걸 많이 후회하고 있어요. 정신과로 가서 정상이 나오면 그때 접근 금진가 뭔가 그거 풀어 주겠다 해서 제가 정신과까지 간 거 아닙니까. 보통 사람이었으면 정신과 그런 말 들으면 그냥 이혼해 버렸을걸요?"

"하지만 견공 씨는 그냥 이혼하지 않았죠."

"바로 그겁니다."

"결국 그렇게 정신과에서 정상 진단을 받았고 접근 금지도 없던 게 됐지만 아내분은 거기서도 만족하지 못했죠. 견공 씨에게 100시간에 달하는 심리 상담을 새로운 조건으로 제시했고, 견공 씨와 제가 이렇게 만난 거죠."

견공은 커피를 마시기만 했다.

"그런데 이 부분에서 짚고 넘어가야 할 게 있네요. 그러니까 견공 씨의 아내분이 오로지? 견공 씨의 폭력 때문에 정신과 진료와 심리 상담을 요구한 건 아니잖아요. 다른 것도 있었기 때문에 진료와 상담을 요구했던 거잖아요."

잔을 든 채로 견공은 주목하고 있었다.

"나는 전생에 개였고, 환생, 윤회를 통해, 지금 이

렇게 사람으로 태어나 살고 있다. 평소 견공 씨는 이런 말을 해 왔습니다. 아닌가요?"

잔을 내려놓은 견공은 손을 들어 보였다. "그랬죠."

"한번은 성당에 가서 그런 고해 성사를 하는 바람에 경찰에 연행되는 소동을 벌이기도 했고, 절에서도 비슷한 소동을 벌였죠."

견공은 웃음을 지어 보였다.

"또 인터넷 게시판에 어떻게 하면 다시 개가 될 수 있을까 장문의 글을 올리기도 했습니다. 그 글에 달린 댓글 중에 무당이나 찾아가 봐라. 바로 그 글을 보고, 실제로 여러 역술인을 찾아다니면서 엄청난 돈을 쓰기도 했고요. 심지어 집에까지 역술인을 불러 굿을 했죠. 아내분만 그런 게 아니라 아드님도 그렇고 따님도 그렇고 전부 견공 씨가 정신과 진료를 받는 것에 동의를 했습니다."

"저기, 선생님."

"네, 말씀하세요."

"상담 시작할 때 선생님이 말하지 않았나요? 선입견을 없애려고 일부러 제 진료 기록을 안 봤다고."

"중요한 것들 몇 개만 봤다고 했죠. 아예 안 봤다고

는 안 했습니다. 그리고 이 부분은 언젠가 우리가 다룰 수밖에 없는 문제 아닌가요?"

견공은 불편한 표정을 짓고 있었는데 상담사가 벌떡 일어나는 거였다.

"왜 그러세요?"

"이번엔 제가 커피를 더 마셔야겠네요."

"아, 커피, 커피 좋죠······."

상담사가 잔을 들고 갔고, 커피 만드는 소리가 방을 가득 채우는 사이 견공은 숨을 내쉬었다. 그러다 한쪽에 보이는 가습기를 바라봤다. 상담실이 어찌나 조용한지 가습기에서 나는 소리까지 다 들렸던 것이다.

잠시 후 상담사는 컵 받침에 잔을 내려놓고 자리에 앉았다.

"그런데 선생님."

"네."

"더 얘기해야 되나요? 제가 개였다고 믿고 있는지 안 믿고 있는지 뭐 그런 거요."

팔짱을 끼는 상담사였다. "한 가지 사례를 말해 보겠습니다."

"사례요?"

"참전했다가 얼굴을 심하게 다친 남성이 있었습니다."

"참전했다가 얼굴을 다친 남성이요? 그런데요?"

"여기서 문제가 되는 사람은 그 남성의 어머니예요. 언젠가부터 어머니가 그러더래요. 자기 아들이 자기 아들이 아니라고."

"자기 아들이 자기 아들이 아니면. 그럼, 누구예요?"

"아예 모르는 사람이라고 주장했어요. 자기 아들이 병원에서 수술을 받고 입원하는 과정에서 웬 모르는 사람과 자기 아들이 바뀌었다는 거예요."

"왜요?"

"그러니까 오래전부터 웬 얼굴이 이상한 남자가 그 병원에 입원해 있었다는 겁니다. 그리고 그 이상한 남자는 자기가 가족도 없고 생활력도 없으니까 편하게 살아 보려고 처음부터 얼굴을 다친 적도 없는 멀쩡한 자기 아들을 어디론가 없애 버리고? 대신 자기가 그 아들 병상에 누웠고 결국, 퇴원하고 집에 돌아온 건 자기 아들이 아니라 그냥 처음부터 얼굴이 이상했던 그 사람이라는 거죠. 유전자 검사까지 했고 그 검사에서 친자 일치가 나왔지만, 그 어머니는 그 검사가 조작된 거라고 주장했어요."

"저기, 선생님. 갑자기 왜 그런 말씀을 하시는 거죠?"

"견공 씨의 정신과 진료를 맡았던 제 친구처럼 저도 똑같이 생각하고 있어요. 견공 씨의 증상이 망상장애의 전형이거든요. 방금의 사례 그리고 이제까지 견공 씨가 주장했고 또 믿었던 것들. 그 망상에는 공통된 원동력이 있어요. 현실도피죠. 오로지 성공만 하면 행복해질 거라고 생각만 하다가 마침내 성공했는데 전혀 행복하지가 않고 그런 이상과 현실 사이에 존재하는 괴리감을 견디는 게 너무 부담이 되는 겁니다. 그 부담을 회피하고 싶은 거고."

견공은 아무 말도 하지 않았다.

"쉽게 말하면 뇌가 스스로를 보호하는 거예요. 있는 그대로를 인정해 버리면 스트레스가 엄청나서 뇌가 망가질 수 있으니까 그럴듯한 거짓을 하나 만들어 놓고 차라리 그걸 믿어 버리는 거죠. 아직은 뇌가 다 밝혀지지 않았어요. 그래서 지금은 그런 증상을 그냥 무의식 차원 어딘가에서 일어난 방어 기제라고 해 둘 수밖에 없겠네요. 아마 정신과에서도 이런 비슷한 얘기를 했을 건데, 아닌가요?"

견공은 아무 말이 없었다.

"제가 그 망상의 내용을 자세히 들어 봐야겠네요. 이 과정을 정신과 거기서도 똑같이 하셨겠지만 그래서 번거로우시겠지만 제가 여기서 직접 그 내용을 듣다 보면 제 친구가 놓쳤던 단서를 발견할 수 있겠죠. 누가 알겠습니까. 견공 씨도 모르는 어떤 원인이 있을지. 왜 그런 망상을 하게 됐는지, 어떤 것이 그런 망상을 하게 만들었는지 그 원인을 찾아낸 뒤, 해결할 수 있다면 해결해야죠."

"해결이라……. 진짜로 제가 해 볼 거 다 해 봤는데, 돌아갈 수 없나 봐요, 선생님. 그렇게 돈 써 가면서 다 해 봤는데. 그냥 이렇게 사람으로 살아야 하나 봐요. 지금은 이런 현실 받아들였습니다."

"방금 무슨 말씀을 하신 거죠?" 상담사는 놀라고 있었다. "방금 했던 말씀을 다시 해 주실 수 있나요?"

놀란 건 견공도 마찬가지였다. "아닙니다, 아닙니다, 아니에요, 아니에요. 그러니까 제 말은……."

상담사는 기다렸다. 하지만 끝내 견공은 말을 잇지 않았다.

상담사가 말했다. "사실 망상이 엄청난 게 아니에

요. 공부도 안 했는데 이 시험에서 좋은 결과가 나오겠지. 또는 상대방은 전혀 생각도 없는데 자기 혼자만 저 사람이 지금 나를 좋아하겠지. 이런 것들도 다 망상입니다. 정도가 심하냐 약하냐 그 차이죠. 무엇보다 견공 씨는 정신과에서 정상 진단을 받았죠. 정신병, 지금은 조현병으로 명칭이 바뀌었는데, 그리고 조현병의 영역이 있을 때, 견공 씨는 지금까지 그 영역 안으로 발을 들이진 않았다 이겁니다."

"그냥 이혼하고 혼자 살면 모든 게 해결되지 않을까요?"

"혼자 살고 싶으세요?"

"막말로 그러고 싶네요. 그런데 막상 자식이랑 집사람이랑 헤어진다고 생각하니까 마음이 찝찝합니다. 이래서 제가 가장인가 보네요."

"견공 씨가 그런 마음을 품고 있다는 거, 바로 그래서 견공 씨가 정상 아닐까요?"

"그게 그렇게 되나요?"

"오히려 정상을 뛰어넘은 거 아닌가요? 아내분의 외도가 두 번이나 있었고. 이제 따님은 아이돌 연습생을 하던 도중 집단 따돌림을 조장한 이유로 연습생에서 퇴출된 뒤 연기자로 전향했지만 이번엔 유명한 중견 배우와 사랑에 빠지는 바람에 구설수에 휘말렸죠. 마지막으로 아드님은 학교 폭력을 일으켜 퇴학을 당했고요."

견공은 웃기 시작했다.

"그런 것들을 전부 감내하는 자체가 대단한 거죠. 동시에 견공 씨는 7만 명이 넘는 규모의 사업까지 유지하셔야 하잖아요. 스트레스가 어마어마하죠. 그리고 또 하나 말씀드리자면 견공 씨는 이제까지 너무 앞만 보고 달려온 거 같네요."

"그 말은 맞네요. 다른 건 몰라도 그건 진짜예요. 전 이제까지 앞만 보고 살았거든요. 진짜 선생님은 모르실 겁니다, 제가 어떻게 살았는지. 이건 말로는 다 표현이 안 돼요. 전 진짜 앞만 보고 살았어요."

"지금 이 시간을 휴식이다 생각하세요. 여기 온 이유가 잠깐 쉬면서 이제까지의 삶을 돌아보려고 하는 거다, 우리 이렇게 생각하자 이거죠."

견공은 끄덕이기만 했다.

"어쨌든 상담 시간이 30분 정도 남았는데 어떻게 마무리를 지어 볼까요?"

"아, 그런가요?"

"그래서 하는 말이지만, 아드님하고 따님은 이제 앞으로 어떻게 할 건지 계획은 있나요?"

그 말을 기다렸다는 듯 미소를 지은 견공이었다.

"자녀분들한테 뭔가 좋은 계획이 있나 보네요?"

"좋은 계획은 무슨. 아들놈은 퇴학당하고 한, 반년 쉰 다음 다른 학교로 가기는 갔는데 거기선 또 다니는 둥 마는 둥 학교를 자꾸 빠지더라고요. 그냥 다니지 말라고 했어요. 검정고시나 보라고."

"그래서 어떻게 됐죠?"

"꼴에 머리는 좀 있나 봐요. 얼마 전에 검정고시는 합격하더라고요. 그러면 뭐합니까. 결국 멍청한 놈이지. 아무리 아들이지만. 왜 자꾸 멍청하게 사나 모르겠어요. 마음 같아선 광화문에 말뚝 꽂아서 거기다 한 사흘 거꾸로 매달아 놓고 싶은데."

웃음을 짓는 상담사였다.

"그렇게라도 해야 창피해서라도 정신을 차리죠. 아니, 세상에. 고등학교 때 재판을 받는 게 말이 됩니까?"

"그래도 청소년 재판이잖아요. 또 피해자 부모님과 합의도 잘 됐고."

"만약에 아들놈이 그때 했던 걸 나이 먹을 만큼 먹었을 때 저지르면 얘기가 다르잖아요."

"그건 그렇죠."

"그리고 그 뭐야. 제 딸애가 주인공 했던 그 드라마 있잖아요. 그게 아직도 방송을 하고 있다면서요."

"얼마 전에 시즌 5가 끝났고. 요새 시즌 6이 촬영에 들어갔다고 했을 겁니다."

"그 드라마가 작품성이 있나요?"

"〈삼각함수와 n분의 1〉 그 제목에서 알 수 있듯이. 이과 계열 학생들의 고충을 승화시킨 드라마죠. 아주 재밌게 표현했어요. 대한민국의 교육 문제까지 성찰했고요. 작품성이 있는 거 맞습니다."

"만약에 딸애가 그놈하고 아무 일도 없었다면 지금도 계속 주인공으로 거기 나오고 있을 거 아닙니까."

"그렇죠. 따님이 시즌 5를 촬영하던 중에 그런 스캔들이 터진 건데. 그때까진 정말 인기가 상당했잖아요. 그 드라마에서 따님을 빼는 건 절대 상상할 수 없었죠."

"지금도 그 드라마를 사람들이 많이 보나요?"

"따님이 하차한 뒤부턴 시청률이 반토막 났지만

그래도 준수하게는 유지되고 있습니다. 골수팬들도 많고 실력 있는 제작진들도 그대로고 조연들도 그대로고."

"말이 나왔으니까 하는 건데. 좋아요. 다 좋다고요. 여자랑 남자가 일 같이하다 보면 서로 눈 맞을 수 있는 거 아닙니까. 그래도 사십이 넘은 유부남이랑 눈 맞는 건 아니지 않습니까? 애도 셋이나 있는 놈이랑, 참나."

"그 담임 선생님 역할을 맡았던 배우가 평소 이미지가 깨끗했는데 법 없이도 살 사람의 이미지였죠. 그래서 국세청 모델도 할 수 있었고."

"그런 놈이 19살 미성년자랑 바람을 피웁니까?"

"사랑에는 국경도 나이도 없다지만 그건 정말로 충격이었죠."

"그놈이 그 뭐야, 애 좀 많이 낳으라는 그런 광고에도 나왔다면서요."

"출산 장려 공익 광고 모델이기도 했죠."

"아니. 그런 건 광고로만 끝낼 것이지……."

"나쁘게 말하면 그냥 짐승이죠."

"그때 우리 딸애 말고도 따로 만나는 여자가 더 있

었잖아요."

"밝혀진 것만 3명이라고 전 그렇게 알고 있네요."

"정말 대단하지 않습니까? 정신이 없어서도 그렇게 못 만나지 않나요?"

"그러니 결국 들킨 거겠죠."

"요새 슬슬 그 자식이 활동하고 있다는데, 맞나요?"

"다시 활동하고는 있지만 배우가 이미지로 먹고사는 직업이잖아요. 항상 맡았던 뭐 그런, 건실한 역할은 이제 못하죠. 안 그래도 이번에 맡은 배역이 부패한 공무원인 것만 봐도 얘기 끝난 거 아닐까요?"

"어린 여자 건들다 이혼당했으면 조용히 자숙이나 할 것이지 왜 또 기어 나오는지 모르겠네요."

"뭐. 그 사람은 그 사람 인생이고. 따님한테도 따님 인생이 있는 거잖아요. 안 그런가요, 견공 씨? 어떻게, 따님은 배우를 계속할 생각이 있나요? 시청률을 휩쓸었던 드라마의 주인공을 할 정도면 외모를 떠나서 연기에 재능이 있는 건데."

"그것 때문에 제가 미치고 펄쩍 뛰겠다니까요. 둘이 그렇고 그런 사이라고 세상에 알려졌을 때 진짜 시끄러웠잖아요."

"따님은 연락도 없이 잠적해 버리고 그 남자 배우는 기자들 불러다 기자회견을 했죠."

"그놈이 그 기자회견 하고 나서 지금은 딸애가 배우도 포기했어요. 가수는 하려다가 안 되고, 이제 배우는 하기 싫다고 하고. 공부도 안 했지. 지금은 나이만 차고 붕 떠 버렸습니다. 결혼도 안 할 거래요."

"지금은 그냥 집에 있는 건가요?"

"그런 셈이죠. 얼마 전에 집사람 가 있는 처가로 갔으니까."

"여기서 상담하시고 좋은 결과가 나오면 그때 아드님하고 따님을 좀 데리고 와 보세요. 견공 씨처럼 아드님하고 따님도 상담이 필요할 수가 있겠네요."

견공은 웃기만 하지 말을 하지 않았다. 말을 하지 않는 건 상담사도 마찬가지였기에 결국 조용해지고 말았다.

벽에 걸린 시계가 째깍 소리를 내고 있었다. 정수기는 물을 걸러내고 있었다. 가습기는 김을 내뿜고 있었다. 그리고 상담사가 말했다. "그나저나 견공 씨? 원래 고해 성사를 하고 나서 신부님은 그 내용을 아무한테도 말하면 안 되지 않나요?"

"그게 무슨 말씀이죠?"

"그때 견공 씨가 소동을 벌였던 성당이요. 경찰까지 왔다던 성당."

말을 알아들은 견공은 커피를 마셨다.

"원래 신부님은 고해 성사로 들은 얘기를 아무한테도 말하면 안 되는 걸로 알고 있거든요? 그런데 어떻게 하다가 그때 신부님이 경찰에 신고하게 된 건지 궁금해서요."

"신부님이 신고한 게 아니에요. 사람들이 고해 성사를 참 많이들 해요. 저 말고도 고해 성사 그것 때문에 온 사람이 많았어요. 그때 줄 서 있던 사람 중에 누가 신고한 겁니다. 여기에 지금 미친놈 하나 있다고. 제 목소리가 컸나 봐요."

상담사는 미소를 지은 뒤 말했다. "이렇게 얘기가 나왔으니까 이어서 해 보는 걸로 할까요, 그럼? 견공 씨께서 앞으로 저와 계속 상담을 진행하시면 나중에 차차 짚어 볼 수 있겠지만 그래도 지금 대충이라도 그 얘길 들어 보고 싶네요."

"어떤 얘기를……."

"영화로 치면 예고편인 거죠."

"그러니까 어떤……."

"견공 씨가 정신과 진료를 받으면서 주장했던 그 말들이요. 견공 씨가 어떻게 개에서 사람이 됐는지 그런 과정이요. 견공 씨에게 그걸 듣고 싶네요."

"조금 전에 선생님이 그랬죠. 왜 제가 그런 생각을 하게 됐는지 그런 원인을 찾아내야 한다고."

"네."

"어차피 그 얘기를 꺼낼 수밖에 없는 거잖아요. 그렇죠?"

"그럼요. 그런데 지금은 제 사사로운 감정도 포함이 돼 있습니다. 제가 이제까지 겪어 봤던 사례 중에서 견공 씨의 사례가 가장 흥미롭거든요. 이런 말씀 드리기가 그렇지만 견공 씨의 사례를 바탕으로 소설이나 영화를 만들어도 될 정돕니다."

"그 정돈가요?"

"보통 전생에 자신이 개였다고 하면 우리가 흔히 생각할 수 있는 사례로 주장을 할 텐데 가령 안내견이나 아니면 여기가 한국이니까 자기가 복날 때문에 죽은 개였다, 이런 식으로 주장을 하겠죠. 반면 견공 씨는 2차 세계대전 당시의 소련군 군견이었다고 하셨는데, 세상에. 2차 세계대전 소련군, 그것도 군견이라니요." 이제까지 들떠 있던 상담사였다. 그러다 그만 정신을 차리고 말았다. "아. 제가 흥분하고 말았네요. 기분이 상하셨다면 죄송합니다."

"아닙니다. 이제까지 제가 사람들한테 겪었던 거 생각하면 선생님 반응은 뭐……."

"저는 이제까지 살면서 2차 세계대전 때 소련군이 개로 그랬다는 것을 처음 들었어요. 찾아봤더니 정말 그랬더라고요. 개에다 폭탄을 달아서 상대편 전차 밑으로 들어가게 하다니요. 개가 불쌍한 건 둘째고 그런 발상 자체가 대단해요. 그런데 그 개들이 실전에선 자꾸 자기편 전차 밑으로 들어갔다고……."

"당연하죠. 우리가 맨날 보는 게 우리 편 사람이랑 전차지, 다른 편 사람이랑 전차는 아니잖아요. 그리고 개라고 전쟁 안 무섭겠습니까? 폭탄 터지고 막 총알 날아오는데 똑같이 무섭죠. 무서우니까 당연히 맨날 보는 사람이나 전차 밑으로 들어가 숨을 수밖에 없죠. 결국 군인들이 그 방법을 포기했는데, 이런 거 보면 사람이 제일 잔인해요."

"그러니까요. 그리고 그렇게 저승을 가게 됐고, 가

봤더니? 그게 견공 씨가 천 번째로 죽은 거였고요?"

"아니요. 999번째로 죽은 거였어요."

"아. 그랬나요?"

"999번째로 죽고 나서 그다음인 천 번째로 태어날 때 사람으로 태어날 수 있어요."

"전 그 대목도 참 그래요. 누구나 윤회를 다룰 땐 사람으로의 환생을 종착점으로 정하는데 또 그런 과정을 일종의 클리셰라고 할 수 있겠죠. 반면 견공 씨의 주장은 뭐랄까. 그런 클리셰를 비틀었다고 할까? 윤회에도 일종의 유행이 그러니까 현재 저승에선 천 번째로 태어나면 사람으로 태어나지만, 아주 먼 옛날에는 천 번째로 태어나면 공룡으로 태어났고 또 어떨 때는 상어로 태어날 때도 있었고."

"지금이야 우리 사람이 지구에서 최고잖아요. 이런 걸 뭐라고 하던데? 동물 나오는 다큐멘터리 보면 사람이나 사자, 호랑이, 독수리, 이런 걸 특별하게 부르잖아요."

"최상위 포식자요?"

"맞아. 그거 같네. 지금 지구에서 사람이 최상위 그거잖아요."

"그렇다는 건 언젠가는 그 천 번째의 기회가 사람이 아닌 날이 오겠네요?"

"언제가 될지는 몰라도 그렇게 되겠죠."

상담사는 커피를 마시더니 말했다. "그리고 바로 그런 체계를 조정하는 어떤 존재가 있는데 결국 그 말은 종교에서 주장하는 신의 존재와 사후 세계가 있다는 거네요."

"달라요."

"네?"

"거기를 표현할 방법이 딱히 없으니까 신, 사후 세계, 천국, 저승이다, 하는 거지. 거긴 그냥 관리만 하는 곳이에요. 제가 사람으로 살면서 했던 게 사업 운영하는 거 말곤 없어서 설명을 이렇게밖에는 못 하겠는데. 제 입장에선 그게 관리만 하는 거예요."

"그러니까 그 관리자의 목적은 이 세상이 잘 돌아갈 수 있도록 하는 거죠? 윤회, 즉 그 순환을 원활하게 하는 게 그 관리자의 목적인 거잖아요. 그렇죠?"

"어떻게 불러도 뜻만 대충 맞으면 상관은 없죠. 그런데 지금 생각해 보니까 그 관리자들을 신이라고 해도 상관없을 거 같네요."

"잠깐만요. 관리자가 아니라 관리자들이요? 여러 명이라는 건가요? 물론 명 그 단위가 맞진 않겠지만."

"은행 가 보면 창구에 직원들이 앉아서 사람들 기다리잖아요. 그런 식으로 기다리고 있더라고요."

천천히 끄덕이는 상담사였다. "영혼은 그대로인 채 껍데기만 계속 바뀌는 거잖아요."

"네."

"갑자기 이런 생각도 드네요. 구역이 있는 건 아닐까."

"구역이요?"

"이런 거죠. 견공 씨가 갔다던 거긴 오로지 이 지구에만 있는 영혼? 지구에 있는 영혼만 모이는 곳이 아닐까."

"말이 너무 어려운데요."

"쉽게 말해서 지금 우리가 살고 있는 이 지구 같은 행성이 하나가 아닐 수도 있죠. 이 우주 어딘가에는 이 지구 같은 행성이 또 있을 수 있고 그렇다면 거기에도 여기처럼 생물이 살 수 있는 거잖아요."

"그런데요?"

"거기를 지구 2라고 하고. 지구 2에서 죽은 생물들

의 영혼은 어디로 갈까요, 그럼. 더 쉽게 말해 보자면 견공 씨가 거기를 갔을 때 혹시 다른 행성에서 온 영혼을 본 적 있나요? 흔한 말로 외계인의 영혼도 거기를 오냐 이거죠."

"무슨 말인지 알겠네요. 일단 제가 갔을 땐 거기선 다 동글동글 똑같았어요. 어떤 걸로 어떻게 죽어서 오든, 그냥 다 동글동글 움직이는 모양이었어요. 동글동글한테 밝게 빛나요."

"밝게 빛나는 풍선이요?"

"맞아요. 딱 그 표현이 정확하네요."

"그 관리자들도 똑같이 그런 형태였나요?"

"네, 맞아요. 그리고 선생님이 외계인 어쩌고저쩌고하셨는데. 아예 선택지가 여기 말고는 없던데요. 아니. 선택지 그 말도 잘못됐네. 그냥 그런 거 자체가 없다고 해야 하나? 뭘 고르느니 마느니 그럴 만한 게 전혀 없었어요."

상담사는 가만히 듣고만 있었다.

"솔직히 제가 거기 관리하는……. 사람? 정확히는 사람이 아니지만, 어쨌든. 그 사람들의 뜻을 제가 어떻게 알겠습니까. 너 앞으로 이렇게 해. 그렇게 말했고. 그래서 그냥 이렇게 된 거죠."

"그리고 그렇게 천 번째, 그것도 최상위 포식자로 태어난 뒤 또 죽게 되면 이제 처음부터 다시……."

"네, 다시 시작하는 거죠. 그렇게 또 999번을 죽고 천 번째가 되면 선생님이 말한 최상위 포식자 그걸로 또 태어나는 거고."

"또 거기에는 자기가 이제까지 무엇으로 태어나고 살았는지 그게 적힌 목록이 있고 그걸 봤는데 알고 보니 견공 씨는 수십억 번의 삶을 살았던 거라고요?"

"살고 죽는 걸 수십억 번을 반복했죠."

"네?"

"일단 999번을 죽고 천 번째에 제일 높은 것으로 태어날 수 있는 그걸……. 뭐라고 하면 좋을까요, 선생님."

"그게 무슨 말이죠?"

"999번을 죽고 천 번째에 최상위 뭔가로 태어날 수 있는 그걸 한 묶음으로 치고 이제 그 한 묶음을 뭐라고 부르면 좋을까 물어보는 겁니다."

"그냥 단순하게 순환?"

"그게 좋겠네요. 그때 목록을 보니까 제가 그 순환

을 수십억 번 했더라고요."

"수십억에 곱하기 천을 한 것만큼의 삶을 산 거네요."

"네."

"정말 그런 거라면 삶이 지겹겠네요."

"그래서 기억을 없애 주는 거예요. 이제까지 살았던 삶을 다 기억한다고 생각해 보세요. 그것만큼 끔찍한 것도 없잖아요."

"하지만 견공 씨는 지금 살고 있는 삶 말고 그 직전의 삶. 즉, 군견으로 살았을 때의 기억을 간직한 채 사람으로 태어났죠."

"그러니까요."

"그 이유를 견공 씨는 죽어도 모르고요?"

"거기서 무슨 말도 없었어요. 전 당연히 기억이 지워진다고 알고 있었는데……."

"그러게요. 아무리 생각해 봐도. 실수를 할 분들이 아닌데 말이죠? 혹시 견공 씨가 군견이었을 때의 기억을 지워 주지 않은 데에는 뭔가 뜻이 있었던 것은 아닐까요? 그러니까 견공 씨에게 어떤 사명을 준 건 아닐까요?"

"사명이요?"

"견공 씨를 통해 이 세상을 유지하고 있는 그 거대하지만 지루한 순환의 고리를 끊어 버리는 거죠. 순환의 고리가 끊어져 결국 사라지게 되면 그때 모든 영혼이 하나가 되는 겁니다. 그리고 하나가 된 그 영혼의 집합체는 비로소 질서 정연한 우주의 한 부분이 되는 거고, 그것으로써 순환의 지루함도, 죽음의 공포와 고통도 전부 사라지게 되는 겁니다. 아서 클라크가 제시했던 것처럼 우리는 그렇게 유년기의 끝을 맞이하는 거죠."

"아선지 뭔지 그건 누구고 또 뭘 맞이한다고요, 우리가? 유원지의 끝을 맞이한다고요?"

상담사가 정신을 차렸다. "아이고. 제가 그만 몰입했네요. 이러면 안 되는데 자꾸 이러네. 죄송합니다. 그래도 정말 오랜만이네요, 이런 기분. 요새 통 문화생활을 즐겨 본 게 없어서. 그래도 정말 죄송합니다."

커피를 마시고 있던 견공은 살며시 잔을 내려놓더니 말했다. "그런데요, 선생님. 지금처럼 개였던 기억을 간직하고 태어난 게 꼭 나쁜 건 아니더라고요."

상담사는 눈을 가늘게 뜬 채 집중하기 시작했다.

"생각해 보세요. 만약에 제가 개였을 때의 기억이 없어진 채로 사람으로 태어났다면 어떻게 됐을까요?"

"글쎄요?"

"개였을 그땐 사람이 너무 부러웠거든요. 개로 사는 건 정말 비참해요. 그러니까 제가 하고 싶은 말은 이겁니다. 힘들었던 시절이 있어야지 그래야 조그만 것도 고맙고 감사한 겁니다."

"돌려서 말을 해 보면? 처음부터 부자로 태어난 사람보다 가난했다가 부자가 된 사람이 뭔가 더 행복하다 그런 거죠?"

"비슷하네요."

"그러면 매사에 좋은 생각만 할 수밖에 없겠죠."

"제가 이렇게 사업에서 성공한 이유도 따지고 보면 다 조그만 것을 고맙고 감사하게 생각해서 그런 겁니다. 사람으로 태어난 뒤로 진짜 하루하루가 행복했어요."

"그런데 지금 견공 씨는 행복하지가 않고요."

"그러게요. 진짜 이럴 줄은 몰랐어요. 당연하죠, 결혼했으니까요."

"네?"

"개였을 때는 결혼 생활이 이렇게 힘든 건지 몰랐어요. 당연하죠. 개한테는 결혼 생활이 없잖아요. 만약에 사람한테 결혼이 없으면 지금보다 많이 행복해질 겁니다."

상담사는 웃음을 터뜨려 버렸다.

"여기까지 말이 나와서 하는 말이지만 어떻게 사회생활보다 결혼 생활이 더 힘들어요. 너무 힘드니까 그냥 자살해 버릴까 그런 생각도 많이 했어요."

"자살까지 생각하셨다고요?"

"자살이 뭐 대단한 겁니까? 어차피 죽으면 거기로 가서 다시 태어날 텐데."

"그래도 사랑하는 가족분들을 다 놔두고 자살하는 건 좀……."

"가족이요? 집사람이나 아들놈이나 딸년이나 어차피 죽으면 거기로 갈 거고 또 뭔가로 다시 태어날 거 아닙니까. 솔직히 여기서 아등바등 살 이유가 없어요. 죽으면 또 태어나고, 죽으면 또 태어나고, 영원히 그럴 건데요?"

"어차피 이 세상의 모든 영혼은 그 순환에서 자유로울 수 없으니까요."

"거기서 기억을 싹 지워 주는 게 이유가 있다니까요?"

"그러게요. 하지만 견공 씨는 자살을 선택하지 않을 거잖아요. 사실 순환은 없고 그래서 우리의 인생은 딱 한 번이니까요."

"네?"

"우리가 죽어서 가는 그런 데도 그렇고 999번 죽어야만 최상위 포식자로 태어날 수 있는 것도 그렇고. 그것들은 전부 견공 씨가 만들어 낸 가상의 환경이잖아요. 아닌가요?"

견공은 잔을 내려놓다가 그만 잘못 놓는 바람에 커피를 흘리고 말았다.

"방금까지 견공 씨와 제가 했던 얘기는 어디까지나 견공 씨가 최근까지 믿고 있던 망상이죠. 아닌가요?"

견공은 숨을 몰아쉬기만 했고, 상담사는 대답을 기다리고 있었다.

견공이 말했다. "정신과에서 다 끝난 얘기를 왜 이렇게 하시는지 모르겠네요."

"여기서 확실히 해 두려는 겁니다. 확실히 해 둘 필

요가 있으니까요. 그래서 물어보겠습니다."

견공은 곁눈질로 쳐다보며 말했다. "물어보세요."

"견공 씨는 본인이 전생에 개였다고 아직도 그렇게 생각하시나요?"

견공은 머뭇거리기 시작했다. 그냥 뱉고 싶은 말이 있는데, 너무 뱉고 싶은데, 차마 그러지 못하는 거였다. 시계는 째깍거리고 있었다. 정수기는 물을 걸러내고 있었다. 가습기는 김을 내뿜고 있었다. 그리고 누군가 문을 두드렸다. 그 소리가 어찌나 컸던지 견공과 상담사는 깜짝 놀라고 만다.

견공이 한숨을 쉬었고, 상담사는 다 잡았다가 놓친 표정으로 말했다. "네, 들어오세요."

문을 열고 들어온 건 안경을 쓴 비서였다. "선생님. 오후 4시에 약속이 돼 있던 최승훈 씨요."

"네."

"좀 늦으신다고 하는데."

"아, 그래요. 알았어요."

비서가 밖으로 나가자, 견공이 말했다. "벌써 3시가 넘었네요."

"그러게요. 이것으로 견공 씨와의 상담은 끝이 났

습니다. 2시간 정도 진행했는데, 어떠셨나요?"

견공은 커피를 다 마셔 버린 뒤 말했다. "뭔가 후련해졌습니다."

"그랬다니 다행이네요."

"지금 선생님이 심리 상담 분야에서 꽤 유명하다면서요. 책도 몇 권 쓰고 방송에도 나오셨다고 얘기 들었습니다. 원래는 선생님께 상담받으려면 몇 달씩 기다려야 한다고……."

"아이고, 뭐. 어떻게 하다가 보니 그렇게 됐네요."

"그 정신과 선생님하고 대학 동기였다면서요. 그렇게 서로 친구라서 제가 이렇게 빨리 상담받을 수 있는 거고."

"그런 셈이죠."

"어쨌든 여기가 정신과랑은 다르네요. 정신과보다 여유가 있네요. 부담도 없고. 정신과 거기는 공간도 꽉 막혀 있고 정신과 선생님이랑 얘기하고 있으면, 무슨 경찰서 취조도 아니고……."

"정신과 거기서 진료받은 건 이제 다 과거 아닌가요? 거기서 견공 씨는 아무 이상이 없다고 진단받았기 때문에 견공 씨가 여기에 있는 거잖아요. 여기는 정신과가 아니라 그냥 심리 상담하는 곳이죠. 심리 상담이 부담스러우면 말이 안 되죠. 그리고 이걸 아셔야 돼요. 그 친구 입에서 정상이라고 말 나오기 쉽지 않거든요. 다시 말하지만 지금 견공 씨는 정상이에요."

"얘기를 들으면 들을수록 선생님이 왜 유명한지 납득이 가네요. 감사합니다."

"별말씀을. 그건 그렇고 견공 씨와 제가 얘기를 더 해야 할 거 같은데, 어떻게 앞으로 상담을 더 진행하실 건가요?"

"저 이거 안 하면요. 집사람이랑 이혼해야 돼요. 그러니 해야죠. 상담 다 끝나면 집사람한테 얘기 좀 잘 해 주세요."

"당연하죠. 견공 씨가 상담 약속만 잘 지키면 됩니다."

"비용이나 상담 날짜는 아까 그 안경 쓴 분하고 얘기하면 되죠?"

"맞습니다. 최여정 씨하고 얘기하시면 됩니다."

"저기, 그런데⋯⋯." 갑자기 견공의 표정이 어두워졌다.

"왜 그러시죠? 무슨 문제라도······."

"혹시······."

"네, 말씀하세요."

"가기 전에 커피 한 잔 더 해도 될까요. 여기 커피가 맛있네요. 왜 이렇게 맛있지?"

***

견공이 떠난 후 상담사는 책상에 앉아 친구에게 전화를 걸었다. 그 정신과 의사에게 말이다. 그렇게 한창 통화 중이었다.

"망상 부분을 제외하면 아무도 그 사람을 환자라고 말할 수가 없지. 또 그러다가도 그 망상 부분을 듣다 보면? 다시 네가 맡아야 할 거 같고."

친구가 말했다. 자기가 진단을 잘못한 건 아닌지. 요새 맡아야 할 환자가 많아 진료를 대충 한 부분도 있다고.

"아니. 그렇다고 네가 진단을 잘못한 건 아니야. 내 말은 그러니까, 음, 그러니까······. 아, 나도 모르겠어. 네 말처럼 나도 이런 경우는 정말 처음이라. 보통 망상은 이랬다저랬다 중구난방이거나 아니면 납득이 안 되는 부분이 꼭 있잖아. 그런데 최견공 씨 그 사람 말을 계속 듣다 보면 나도 모르게 그게 진짜 같다니까?"

자기도 그런 점 때문에 고민을 많이 했다는 친구는 그러면서 자기가 다시 맡아야 하는 게 아닌지 그런 말도 했다.

"아니야. 내가 맡아볼게. 이번에 최견공 씨를 만나면서 나 스스로 결론을 짓고 싶은 게 생겼거든. 그 사람 더 파헤쳐 보면 분명 뭐가 나올 거 같아."

친구는 또 그 병이 돋은 거냐고, 적당히 좀 하라고, 그냥 그 일 때려치우고 소설이나 쓰라고 말했다.

"일단 다 떠나서 그 사람이 위험한 행동을 할 사람은 절대 아니잖아."

친구는 바로 그 점이 신기하다고 했다. 또 어떻게 일상생활이 가능한지 그것도 궁금하다고 했다. 오히려 보통 사람보다 더 대단하고 모범을 보이는 사람이라고도 했다.

"그렇지. 그리고 솔직히 가정폭력이나 가정불화는 흔한 경우잖아. 벌써부터 너도 그렇고 나도 그렇고,

그 사람에 비하면 별것도 아닌 거 때문에 이혼했잖아. 맞잖아."

친구는 그래서 우리 모두 달마다 양육비에 시달리고 있는 거겠지, 라며 웃었고, 덩달아 웃어 버린 상담사는 목을 가다듬은 뒤 말했다. "야, 그러지 말고 우리 오늘 만나서 얘기나 하자. 그게 낫지 않을까? 이렇게 전화로 하는 것보단."

친구는 그거 좋다고 했다.

"저번에 네가 가자고 해서 갔던 곳 있잖아. 불닭볶음집. 거기 맛있던데. 거기로 가자, 그럼."

친구는 알았다고 하더니 8시 넘어서 거기서 보자며 전화를 끊었다.

상담사가 휴대전화를 내려놓는 그 순간 누군가 문을 두드렸다. 상담사는 들어오라고 했고, 비서가 들어왔다.

"그래, 어떻게. 최승훈 씨는 오셨나요?"

"그게." 비서는 찝찝한 표정이었다. "최승훈 씨가 그냥 오늘은 상담을 안 하겠다고 하시네요."

"그럴 줄 알았어. 뭐 이렇게 된 거 먼저 퇴근하세요. 오늘은 이걸로 영업 끝이니까."

비서는 웃음을 숨기지 못했다. "그래도 될까요?"

"어차피 오늘 금요일이고 또 여기서 더 할 것도 없잖아요. 그러니까 가 봐요."

"알겠습니다."

"주말 잘 보내고요."

비서가 인사를 한 뒤 밖으로 나가자 상담사는 벽시계를 봤다.

4시 45분.

상담사는 키보드를 두드려 절전 상태였던 컴퓨터를 켰다. 그런 뒤 어떤 인터넷 서점에 접속했고, 검색창에 '개'를 입력했다.

***

승강기에 오른 견공은 층수 버튼 중에서 제일 위에 있는 알파벳 P를 눌렀다. 그러자 비밀번호를 입력하라며 안내 음성이 나왔다.

비밀번호를 입력하자 승강기가 움직였다.

승강기에서 내린 견공은 높은 문 앞에 섰다. 어깨 높이 되는 곳에는 사람의 홍채를 인식하는 기계가 있었다. 그곳에 얼굴을 대자 파란색 불빛이 눈동자를 훑고 지나갔다.

열리는 소리가 들린 뒤 문을 열고 들어갔다. 전등은 켜져 있었다. 그 아래서 구두를 벗고 안으로 발을 들였다.

차선 하나 넓이의 복도에서 처음 보이는 왼쪽 말고, 그다음에 보이는 오른쪽으로 들어가면, 그곳이 이런저런 수납장과 식기들로 가득한 주방이었다. 그 주방 한가운데 식탁에는 위스키 한 병과 술잔이 있었다.

이제 견공은 냉장고로 가 얼음을 꺼냈다. 얼음통과 집게와 쟁반까지 식탁에 올린 다음엔 술 마실 준비를 차렸다.

몸을 씻고 나서 술을 마시면 그것만큼 괜찮은 것도 드물지만, 지금은 술부터 마시고 싶었다. 그래서 자동으로 불이 켜지는 거실로 간 것이다.

하지만 거실로 들어선 순간 머뭇거려야 했다. 평소에도 넓다고 생각은 했지만……,

오늘따라 전시회장 한 칸 규모의 거실이 휑해 보였다. 이런 곳에서 홀로 술을 마셨다가는, 한 병이 아니라 두 병을 해치울지도 몰랐다.

어제처럼 말이다.

그런데도 견공은 인도에서 수입한 카펫을 밟아 가며 거실로 들어갔다.

거실 중앙에 있는 탁자 거기에 쟁반을 내려놓은 견공은 정장 외투와 윗옷을 소파에 던졌다. 넥타이도 던졌다. 소파가 아니라 소파와 탁자 사이 그 공간 속으로 양반다리를 하고 앉아 버렸다.

잔에 술을 따랐다. 반을 채우고서는 다 마셔 버렸다. 또 반을 채웠고, 다시 다 마셔 버렸다.

그럼에도 불구하고 거실의 휑한 분위기가 신경 쓰이기만 했다. 속에서 작열하는 알코올의 기운도 거실의 분위기만큼은 어찌지 못했다.

어제처럼 말이다.

마침내 천장을 바라본 견공은 프랑스에서 공수해 온 샹들리에를 향해 손을 빙글빙글 돌려 봤다.

밝았던 조명이, 한 단계, 두 단계, 세 단계까지 어두워졌고, 네 단계까지 어두워지고 나서야, 손 돌리기를 관두었다.

견공은 멍하니 있어 봤다.

그런 뒤 얼마나 시간이 흘렀는지는 알 수 없었다.

고개를 지은 견공은 웃음도 지었다. 이렇게 어두워지고 나면 휑한 분위기가 나아질까 했지만 아니었기 때문이다.

견공은 텅 빈 잔에 술을 따랐다. 이번엔 집게로 얼음을 몇 개 넣어도 봤다. 그렇게 만들어진 걸 한 모금 마셔 본 견공은 한숨을 쉬었다.

그랬더니 입김이 나왔다.

어느새 겨울이 됐고 그 때문인지 집이 쌀쌀했다. 그런데 지금처럼 집이 쌀쌀하면 안 되는 거였다. 인공지능이 탑재된 첨단 독일제 냉난방기가 이 집을 계절에 맞게 24시간 관리하고 있으니 말이다. 그렇다고 고장이 난 건 아니었다. 집에 사람이 없어서 이제까지 절전 상태로 있었던 것이다. 어제처럼 오늘도 하루 종일 이 집에는 사람이 없었다. 아내와 딸은 처가에 가 있었고, 아들은 이상한 친구들과 어울리고 있을 거고.

잔을 든 견공은 끝까지 마셔 버렸다. 그러나 탁자 모서리 밑에 있는 뭔가를 알아챘다. 알고 보니 새끼 고양이 4마리가 서로 엉켜 있었다.

딸애가 여기 거실로 나올 때마다 4마리의 고양이는 함께 따라 나왔다. 딸이 없는 지금에 이르러선 보이는 것처럼 자기들끼리 알아서 거실로 나오고 그랬다.

아무래도 고양이들의 무늬가 카펫과 비슷한 나머지 보호색처럼 됐기에 이제야 발견한 듯싶었지만, 그래도 그렇지, 이렇게 바로 옆에 있었는데도 몰랐다니.

견공은 잔에 술을 채우고 한 모금 마신 뒤 고양이들을 쳐다봤다.

고양이들도 견공을 쳐다보고 있었다.

딸애는 배우를 관두더니 먹는 걸 밝히기 시작했다. 급기야 그 예쁜 얼굴이 지방으로 덮이고 말았다. 그러고도 먹는 양은 늘어나기만 했다. 언젠가 견공은 나가서 돈 벌어 오라는 말은 안 할 테니 제발 취미 생활이라도 하나 잡으라며 화를 냈다. 취미 생활을 잡기 전까지는 압수한 신용 카드를 돌려주지 않을 거라고도 했다.

그때 화를 냈다지만, 견공의 속마음은 이랬다. 딸애가 그렇게 취미 생활을 하다 보면 밖에 나가는 일이 많아질 테고 밖에는 보는 눈도 많으니 신경이 쓰이다 보면 살도 빼고 다시 예뻐지다 보면 또래 남자도 만날 테고.

아무리 못난 것이지만 견공에겐 자식이었다. 견공도 아버진데 딸애에게 그런 마음 왜 없겠나.

그런데 세상에나. 딸애는 고양이 4마리를 집에 들였다. 그게 취미라는 거였다.

고양이를 내다 버리라고 견공은 성질도 내고 달래도 봤지만 그럴 거면 자기도 내다 버리라며 딸애가 울고불고 난리를 치는 바람에 이렇게 소름 끼치는 고양이를 허락한 것이었다.

잔을 한 모금 들이켰다가 곧바로 다 들이켠 견공은 그 옛날의 기억을 떠올려 봤다. 아직도 생생했다. 소련 군인들에게 묶여 지내던 그때가.

그 도둑고양이들은 매일 밤 찾아왔다. 견공이 자고 있을 땐 조용히 밥그릇을 털었고, 견공이 안 자고 버틸 땐 하나가 싸움을 거는 척하며 나머지가 밥그릇의 밥을 털었다. 사람들이 착각하는 게 있다면, 고양이 그 족속은 조용한 게 아니라 음습한 거였다. 똑똑한 게 아니라 영악한 거였다. 특히나 비웃을 때 짓는 그 교활한 눈은 정말이지 소름 끼쳤다.

개였을 그땐 고양이 덕에 배고픈 시절이었다. 비참한 시절이었다. 잊고 싶은 시절이었다. 종종 그때를 꿈꿀 때가 있었다. 그럴 때면 자다가도 벌떡 일어날 정도였다. 집이 넓고 또 고양이들은 딸애 방에만 있었기에 견공은 이제까지 고양이 4마리를 집에 들인 걸 버틸 수 있었다.

하지만 며칠 전에 이런 일이 있었다.

견공이 잠을 자고 일어났더니, 4마리 전부가 품에 들어와 자고 있는 게 아닌가. 그땐 정말이지 이불 밖으로 뛰쳐나오면서 소릴 다 질렀다. 그 4마리도 기겁을 하며 어디론가 사라져 버렸고 말이다. 더 놀라운 일은 그날부터 고양이들이 밤마다 견공의 품으로 어떻게든 비집고 들어와 같이 잠을 잤던 것이다. 품을 비집고 들어온 것만이 아니었다. 마음속으로도 비집고 들어왔다.

그래서일까. 원래라면 교활한 고양이들의 눈이 이제는 밤하늘에 떠 있는 별 같았다.

어쩌다가 이렇게 된 건지. 변해 버린 자신을 생각하자니 웃음이 나왔고, 그렇게 웃어 버린 견공은, 잔을 채워 쭉 들이켰다.

하긴, 고양이들도 쓸쓸할 터였다.

딸은 집이 싫어졌다며 자기 엄마가 있는 처가로 갔다. 고양이들은 놔두고 갔다. 처가 거기선 고양이를 싫어한다면서.

그래도 그렇지. 이렇게 내버려두고 가다니. 이 어린것들을.

마침내, 내가 정말 자식 교육을 잘못한 걸까, 그런 생각이 든 견공은 잔을 채운 뒤 쭉 들이켰다. 술기운에 그러는 건지, 이번엔 이런 생각이 들기도 했다. 어쩌면 고양이와 친구가 될 수 있지 않을까.

견공은 잔을 내려놓다가 떨어뜨려 얼음을 굴러 나오게 했다. 상관없었다. 대신 딸이 자주 하던 것처럼 손을 내민 채 입으로 쭙쭙쭙 소리를 내 봤다.

그러자 엉켜 있던 것 중 하나가 튀어나오더니 앞으로 쭈욱 기지개를 켜며 다가왔다. 그건 허벅지에 꼭 붙어 자리를 잡고 앉았다. 그것으로 끝이 아니었다. 나머지들도 기지개를 켜면서, 비틀거리면서, 다가오더니 허벅지에 붙은 채 얽히고설켜 댔다. 아예 품 안으로 들어오는 놈도 있었다.

털이 묻을까 걱정이 됐다. 고양이와 몸을 부대끼다

보면 집에선 모르다가도 밖에만 나가면 온몸이 털투성이인 걸 알게 된다. 상관없었다. 이것들 덕에 오늘 밤은 쌀쌀하지 않을 거 같으니까.

견공은 품에 있는 놈을 쓰다듬어 봤다. 그랬더니 자기 얼굴을 똑같이 비벼 주었다. 견공은 미소를 참을 수 없었다.

기왕 이렇게 된 거 취하기로 결심한다.

쓰러진 잔을 세웠고 넘치도록 따랐다. 그리고는 끝까지 들이켰다.

여러분은 어떻게 생각할지 모르겠지만 적어도 저는 최견공 그 아저씨가 전생에 개였을 거 같네요. 진짜로요. 언젠가 개를 주제로 한 단편 공모전에 응모했던 글입니다. 떨어져서, 덕분에 지금 이 책에 들어가 있으니, 기묘한 우연이겠죠. 그리고 제가 준비한 이야기는 여기까진데, 계획은 이렇습니다. 이 단편집의 타이틀인《미스터리스릴러로 가는 옴니버스》이건 그대로 둔 채 뒤에 붙는 숫자만 바꿔 가며 시리즈로 책을 내려고 하네요. 어쨌거나 저쨌거나, 지금까지 방구석 무법자였습니다. 읽어 주셔서 감사합니다.